O MANUSCRITO DO
Jovem Gabriel

* * *

Na próxima sexta-feira tudo estará terminado

Romance de
João Batista de Andrade

Copyright © 2019 João Batista de Andrade
O manuscrito do jovem Gabriel © Editora Reformatório

Editor
Marcelo Nocelli

Revisão
Roseli Braff
Marcelo Nocelli

Imagem de capa
Desenho de João Batista Andrade (1964)

Design e editoração eletrônica
Negrito Produção Editorial

Dados Internacionais de Catalogação na Publicação (CIP)
Bibliotecária Juliana Farias Motta (CRB 7-5880)

Andrade, João Batista de, 1939-
    O manuscrito do Jovem Gabriel: na próxima sexta feira tudo estará terminado... romance de / João Batista de Andrade. – 1.ed. – São Paulo: Reformatório, 2019.
    184 p.; 14 x 21 cm.

    ISBN 978-85-66887-68-6

    1. Romance brasileiro. 1. Título: na próxima sexta feira tudo estará terminado... romance de
A533m   CDD B869.3

Índice para catálogo sistemático:
1. Romance brasileiro

Todos os direitos desta edição reservados à:

EDITORA REFORMATÓRIO
www.reformatorio.com.br

Para Ana, esposa, companheira

Para Miguel Jorge, escritor, amigo.

Para meus filhos Fernando e Vinicius

*Para Assunção, Paula, Bia, Lua e Carla, avó e mães
de meus netos: Maria, Laura, Olívia, Arthur,
Aurora, Chico, aos quais desejo um mundo melhor.*

Para a família Gorgatti, a quem devo tanta amizade.

Para os jovens Daniel e Rodrigo, amigos.

Para Marcelo Nocelli, que abriu as portas para minha retomada literária.

*Agradecimentos aos amigos Ricardo Ramos, Eduardo Raskov e
Roberto Menezes, que me ajudaram, lendo as primeiras versões.*

A vida me forjou não como quem gera uma criatura, mas uma pergunta.

* * *

Desde as primeiras palavras, várias vidas e vários destinos estavam traçados.

Narrativas são espécies aceitas de gagueiras, amontoados de palavras. Um monte de pedras na boca com as quais se busca o sentido do que se quer expressar. Tantos buracos, ocos, silêncios que o leitor deve preencher com sua própria criatividade e agonia.

Pequeno tratado sobre o abismo

* * *

Primeira parte do manuscrito de Gabriel

Do abismo fazem parte elas, as palavras, sejam lá quais forem, se escritas, faladas ou apenas balbuciadas ou sem sentidos, expressões de amor, de ódio, frutos do espanto, da dor, da indignação ou da passividade, filhas do desejo, da criação e da destruição, do apego ao filho, do amor de mãe, da falta de saídas, irmãs da incompreensão e da solidariedade, elogios ao egoísmo e à cegueira que assola a humanidade. Palavras são livres, mesmo que eu pense dominá-las. É por isso que delas tanto dependo quanto desdenho e busco. Delas vivo, sobre elas derramo meu fel e minha esperança, delas busco o saber e a explicação de tantas perguntas e dor. São a água estranha e inerte que forra o fundo dos abismos. Do abismo fazem parte os instrumentos de cavar, mesmo que sejam puras fantasias de tua mente. Recomendo aqui o que deves fazer, na verdade é o que te cabe fazer nesse mundo. Cava, em teu entendimento, buracos fundos sem te preocupares com o que tiras, pois nada há para tirar nessa tua busca inútil e até mesmo servil. Cava torto, reto, de cima para baixo, de baixo para cima, cava do lado, qualquer que seja o lado, cava convicto, cava sem convicção, cava por vontade própria, cava por obrigação e até mesmo como profissão, dinheiro, respeito, posição. Cava sem saber o porquê, cava como quem desdenha ou pergunta. Cava, cave, cavai, cavemos nós como quem cava um leito. E que a medida seja sempre nossa medida, a medida de nosso corpo, o peso de nossa angústia e o tamanho da inutilidade da esperança. Cava como quem constrói sua casa, cava como quem costura a própria roupa, cava tua morada e teu futuro, cava até que o abismo engula todo teu corpo e que a terra cubra tua cabeça e que se apaguem todos os desejos e se anulem todas as tuas ambições e que até o gesto repetitivo de cavar se torne regra de teu andar pelo mundo. O abismo é fruto desse desentendimento e quanto mais fundo se apresentar mais abismo será. Homens medíocres cavam abismos imensos onde suas poucas ideias se perdem na escuridão feito morcegos em busca de explicação para suas cegueiras. Quanto aos homens sábios, por mais que cavem, cavam pequenos abismos, já que tudo o que tiram teima em voltar, num ciclo de interminável luta entre a vontade de quem cava e a imponência das ordens próprias de um abismo com seu temor de que o sábio cavador o desvende. Sonha com teu abismo, observa que ele cresce como crescerá teu corpo. O pequeno abismo, nascido das entranhas de teu gesto, estará a cada dia mais escuro e tenebroso tanto quanto teu próprio corpo, tão temeroso quanto tua própria alma. Cava, verás que nada do que tiras entulha o mundo nem ao teu redor de oco e de nada. Cava no centro de teus desejos e de teus sonhos, pois os sonhos também serão filhos do que procuras e nascerão do gesto com que cavas e tão profundos quanto mais profunda seja a escuridão que crias com tua teimosia e incompreensão do mundo, o mesmo mundo que em tua incoerência crias como liberdade sem saber que no mesmo instante em que crias, tua criação te aprisiona. Cava, pois, com tua inconsciência e teu saber, cava com alegria e aproveita tua tristeza para com ela cavar mais fundo e quebrar as resistências do solo árido em que cavas tua desmedida sepultura nesse abismo que será assim fruto de teus desejos e de tua compreensão, moldados contraditoriamente pela tua ignorância mais abjeta, teus humores mais inconstantes, pelos mais baixos sentimentos de teu corpo, pela vergonha com a qual já nasceste, por tudo de mal que já fizeste nesse mundo e por todo mal que desejaste e reprimiste como pai severo de ti mesmo. Apara as paredes de teu abismo como se buscasses ali o espelho de tua própria insanidade e a inutilidade de uma vida sem ranhuras, sem mistérios, sem riscos, sem perigos, sem débitos, sem ódios, sem amores e paixões. Ou trata paredes e fundos com o desdém de quem se julga maior, cultiva altos pensamentos e desdenha dos perigos ante a voluptuosidade dos pensamentos e das descobertas. Cava, importa pouco por que cavas, por quem cavarias, como cavas, onde cavas, com que velocidade o fazes, com que paixão, com que devoção, crença, incredulidade. Apenas cava. Quantos metros, quilômetros terá um abismo? Em quanto tempo terás teu abismo pronto, acabado, como um prêmio à tua loucura e aos calos invisíveis que só tu poderás ver em tuas mãos? Nunca calcules a dimensão de teu abismo, não esperes que um dia chegue ao fim tua tarefa, já que tu mesmo a criaste como um desígnio sem fim e sem tempo, para partir do nada e chegar a lugar nenhum. Por isso não meças teu trabalho inútil, não o compares com outros dias, nem desdenhes do que já fizeste, pois tudo o que estiver feito se consumirá no novo desafio de cavar e cavar e cavar. E não te enganes, nunca terás teu abismo à semelhança dos abismos que já conheces ou pensas conhecer, primeiro porque jamais conhecerás os ocos que não te pertencem, já que os que cavam, como tu, são teus próprios peitos, tuas carnes, teus desesperos e tuas almas ávidas de compreensão e de *fuga. Não, abismos não são fugas, nem abrigos, nem amigos onde poderias guardar teus segredos e confidenciar teus mistérios, teus temores. Não. Abismos são espaços ocos que construímos em nossas vidas como espécies de opções terminais, já que ali tudo se inicia e se anuncia como início e também como fim, mais que leito, mais que cova. Abismos são ocos poderosos onde nada cabe além de teu destino, o mesmo que traças enquanto cavas, tu ou alguém que se apresente como teu representante e que na verdade estará burlando as determinações aproveitando-se da cegueira do mundo e de ti mesmo. Quanto ao lugar do abismo há de se procurar com esmero e convicção. Nada de cavar em qualquer lugar, pois assim o que cavares não te pertencerá, como se a obra maior de tua vida nada significasse e fosse um mero gesto a descarregar energias e a criar a inutilidade de um buraco na terra árida. Não, o abismo tu o construirás como se construísses teu próprio corpo e de teu corpo deverão sair as medidas e as incoerências dessa métrica gerada pelos desentendimentos próprios de teu corpo e de teu espírito inquieto. Se cavas na aridez do deserto ou nas terras mais férteis de tua cidade, se cavas na pedra, nas montanhas, no gelo, se trabalhas sob o calor mais inclemente, se no ermo do silêncio mais sufocante ou nas ruas com o vozerio incessante das multidões desencontradas, se cavas nas florestas onde o medo te domina, se cavas em tua casa, em teu quarto, na gaveta de teu armário, na imagem do espelho que reflete teu horror, se cavas cantando, se cavas maldizendo a vida, se cavas com alegria, mas nada disso importa. Importa mesmo é que caves e desta determinação não poderás nunca escapar. Cava, pois. Cava!*

Uma apresentação

* * *

Não sei bem se por precisão ou por pura ironia, ofereço aqui uma breve digressão sobre esse novo romance e sobre o solene, incisivo e tenebroso texto de abertura. Não, não vou explicar a história! Que não se pense também que esse texto estranho seria pura diversão de um escritor com o embaraço de seus futuros leitores. Na verdade, o embaraço é do autor. Espero ter muitos leitores, mas não quero pensar em nenhum deles. O melhor leitor do que se escreve é o próprio escritor. Não conheço nem conhecerei meus leitores. E se conhecer algum, terei que me distanciar dele. É um desconforto enorme esse contato. Os textos trazem tanto de nossas vidas, de nossos medos, revelam tantas verdades e segredos, que a simples leitura por outras pessoas se aproxima de uma verdadeira confissão, mesmo que irreal. Uma exposição incômoda, já que vivemos numa sociedade absurdamente regulamentada e nossos relacionamentos se dão dentro dessas regras. O protocolo há muito já chegou ao beijo e à cama. Em toda a minha vida adulta, desde os tempos de universidade, tenho transitado por muitas formas de expressão. O cinema, a literatura, o desenho, a política, a TV e, mais recentemente, a internet. Sinal de inquietude. Em todas essas formas e meios penso que tenho passado minha visão crítica da história recente da humanidade e de meu país. Um grande desconforto com as desorganizações sociais, as injustiças, a violência. Mas tenho um amor incondicional a todas as formas de expressão de que me sirvo para transmitir o que sinto da vida. Sem censura, sem medo de minha própria subjetividade, sem qualquer obrigação de ser correto, adequado, divertido. Pois acho que o ser humano lida principalmente com este mistério, sua sensibilidade perante o outro e a descoberta de si mesmo. Este romance nasceu assim, como uma imposição de minha subjetividade. Como se a vida pedisse a mim que falasse por ela própria. Que falasse da vida, esse dom de cada um, carregado como uma enigmática dádiva, não se sabe de quê nem de quem. Que falasse de personagens às voltas com suas individualidades, sua intimidade, num momento em que os laços sociais tanto incomodam e parecem perdidos. O texto não me veio como um tema, nem como uma história nem como qualquer acerto de contas ou extensão de minha racionalidade. Nem de minha vocação política. Deixei fluir, para depois exercer sobre meu próprio texto o domínio do escritor. Sem me censurar, claro. Uma busca de formas literárias capazes de conduzir o texto à compreensão e ao interesse do leitor. É um longo e penoso trabalho, evitando que a dose excessiva de subjetividade e o rigor das correções anulassem a revelação do que eu escrevera. Era preciso entender o texto inicial, organizá-lo em capítulos, criar novos personagens e situações, transformar tudo em uma história plausível. Sem perder a força original. O personagem Gabriel veio assim, preso a uma cadeira de rodas, cultivando seu ódio ao mundo. Para contar sua história, outro personagem repentinamente saltou de minha febre, disputando comigo essa narrativa. César. Como todo narrador, centrou a história em si mesmo. Melhor assim, já que ele não existe exceto em minha imaginação. Ser inexistente é condição para sua aceitação, num mundo cansado de nossos carismas e verdades. Mas veremos se foi capaz de se livrar do vigor e da influência do jovem Gabriel. Ou se Gabriel o dominou, fazendo dele, em vez de narrador, uma presa. Aí vai, pois, essa estranha história que me possuiu por vários meses até essa versão que agora apresento e que me tirou muitas noites de sono. Pois aqui eu falo de personagens para os quais parece não existir mais o diálogo, um retrato da ausência de possibilidade da política, de seu fracasso, pelo menos nos tempos atuais. Na construção do personagem que narra, César, eu busquei essa mediação. Ele buscará esse caminho, o caminho da compreensão. Veremos se conseguirá, mas sabemos a dimensão desse desafio. Com a palavra, nosso narrador.

O final poderá ser trágico

* * *

Mas eu sabia, estava condenado. Lembrava-me ainda
de Davino, o Cabo assassino. Que diferença haveria
entre nós agora? Éramos ambos assassinos

A Praça da Vila, Favela do Vela Acesa, estava tomada por uma multidão. Pude perceber que ainda não havia chegado ali a notícia de mais uma morte no abismo do Cabo Davino, a imensa escarpa que margeava o Córrego do Vela Acesa, do outro lado do morro. A praça estava tomada por uma verdadeira festa de cores, cartazes, músicas. "Não matem nossos jovens". "Justiça para as vítimas". Gente de todas as idades, velhos, crianças e até uma ala de participantes em suas cadeiras de rodas. Eu olhava para eles e evitava me lembrar de Gabriel. Mas era difícil esquecer Gabriel com sua cadeira de rodas e seu ódio ao mundo, gerado e temperado em sua história de perdas e sofrimentos. Confesso que toda aquela algazarra me fazia bem, aquele amontoado de gente. Aquelas pessoas encontravam sua paz na comunidade carente de tudo, comungando ideias e lutas. No entanto eu ainda caminhava pela beirada da praça, temeroso de alguma agressão. Eu era um estranho ali, despertaria desconfiança e alguém poderia me reconhecer, apesar de minha invisibilidade, de minha inexistência. Mas o som ritmado e repetitivo aos poucos me dominava, como um mantra convidativo, um convite ao domínio do corpo. Eu me sentia a cada instante mais tomado por aquela emoção. Os sentimentos e as ideias se entrelaçavam numa relação ora conflituosa, ora de reencontro. Eu estava ali como um ser perdido no mundo, envolvido em assassinatos, sem saber o que fazer da vida. Falei agora de corpo, mas meu corpo poderia não passar de uma ilusão, já que fui criado não para ser, mas para inexistir. O passado parecia já tão distante, como se tudo fosse uma ilusão, um sonho ruim, uma rápida descida ao inferno. Mas eu sabia, estava condenado. Lembrava-me ainda de Davino, o Cabo assassino, terrível pistoleiro que agira naquela região. Que diferença haveria entre nós agora? Éramos ambos assassinos. Pouco importa se Davino era um mercenário. E se toda a violência praticada por mim teria motivos apenas pessoais, mesmo que terríveis. Cada um de nós, a seu modo, assumira uma divindade suprema, acima da vida. A morte por assassinato nos unia agora. Éramos simplesmente assassinos. Ele, como pistoleiro da periferia, a serviço de mandantes poderosos. Eu, a serviço de minha loucura. Com esses pensamentos, fui entrando na Praça, já sem medo algum. Assim eu me entregava para aquela outra força. Eu via ali uma comunhão de pessoas diferentes, expressando sua alegria por estarem juntos, se reconhecendo como irmãos. Eu ainda temia alguma violência contra mim. Mas caminhava como se eu ofertasse meu corpo àquela causa, justamente contra os assassinatos de jovens da Vila. Mais uma vez eu pensava em Davino. Se me agredissem, seria como agredir o próprio Davino, coisa que ninguém ousara fazer até sua morte. Mas eu não teria o que fazer, como me defender entre a multidão. Era o que eu esperava que fariam, me agredir assim que recebessem a notícia de mais uma morte no abismo do Cabo Davino. Sim, eu me chamo César.

César se apresenta ao leitor

* * *

Veremos então quem pode mais, o criador ou a criatura

Meu nome interessa pouco, já que ninguém me conhece. Aqui eu me chamo César, nome que expressa o desejo de tantos poderes quanto a fragilidade desses mesmos poderes, na História e diante de uma tragédia pessoal. Escolhi essa clandestinidade extemporânea para viver. E tudo que relato aqui é a mais pura realidade, entendida como situações que vivi no espaço dessa ficção em que fui criado. Vou cumprir os desígnios do criador. Mas surpreenderei exercendo a liberdade para agir como quiser e dizer o que penso. Veremos então quem pode mais, o criador ou a criatura. Nada parecerá verdade, nada será mentira. Assim, posso falar de outros personagens e adianto que eles podem surpreender. Posso até registrar nos papéis as ideias que a mim mesmo causam espanto. Posso fazer isso, com a certeza da impunidade. Nada pode me atingir, eu simplesmente não existo. Leiam, tomem-me como louco, digam que estou sem rumo ou que apenas provoco. Digam o que quiserem. Não conhecer pessoalmente os leitores é uma passagem livre para a imaginação e também para todos os absurdos. Não tenho mãe, nem pai, nem manos nem manas, nem amigos. Está escrito que vim do interior, fugindo do destino mesquinho que me ofereciam como futuro. Não posso dizer que foi um bom passo. Passei minha juventude lutando por um futuro melhor. Para mim, claro. Estudei, trabalhei nos piores serviços, morei nos lugares mais sórdidos, pensões, cortiços, quartos coletivos. Até me fixar numa pequena quitinete no centro da cidade. Sinal de que subia na vida. Aprendi a lidar com os computadores frequentando cyber-cafés e rodas de pessoas sem rumo, como eu mesmo. Com esses amigos aprendi o quanto são relativas todas as verdades e princípios que aprendi na vida, desde a severa educação aplicada por minha mãe enquanto viveu. Sempre tive facilidade para ganhar e perder dinheiro. Com um pouco de esperteza, um migrante como eu pode se aproveitar da imensidão da metrópole. E do despreparo dessa gente para viver. Pode-se mesmo abraçar um sem número de pequenas oportunidades. Basta querer e importar-se pouco ou nada com as mazelas desse mundo. Com sorte, podem-se encontrar alguns diamantes. Tive sorte e jeito para me cercar de amigos. Mas evitei sempre que as amizades invadissem minha vida, minha privacidade. Aprendi logo, desde que cheguei a essa grande cidade, que a liberdade de ação exige tanto apoio quanto privacidade. E relativizar as amizades. Nada de entregar a outros o destino de sua vida e suas escolhas. Amizades invasivas sempre trazem alegrias e perigos. As alegrias não compensam os perigos, e os danos podem ser fatais. Essa liberdade de ousar e quebrar barreiras também não vem de graça. Traz, como contrapeso, a solidão. A solidão às vezes é desesperadora, mas nada se equipara à miséria da escravidão, à opinião alheia. Posso dizer que tive talento para esse exercício, esse equilíbrio entre sofrer e vencer. Mas a desilusão chegou rápido demais. E chegou onde a mordida da sorte mais dói. No amor. Um dia, tomado pela dor de um fracasso amoroso, abandonei tudo, isolei-me de todos e fui parar num bairro longínquo. Vivi o tempo desta história num cortiço fantasiado de Vila. Uma moradia provisória para quem buscasse um refúgio à solidão. Busquei um isolamento próprio para gente como eu, que aprendeu muito rapidamente as regras do sucesso nessa sociedade duvidosa em que vivemos. E que se deixou tomar pela desilusão. Gente que logo descobriu que os pequenos sucessos nada mais eram do que os permitidos. E que a vida transcorre como num jogo em que se pode ganhar repetidamente, mas que tudo se desmoronará num pequeno golpe do azar. Vivi ali apenas com meus demônios, os espectros dos ex-amigos, o vazio de todas as conquistas que celebrei nesses quarenta anos de vida. Meu quarto era um vazio só. Meia dúzia de livros, uma cama estreita, roupas que reduzi ao máximo que pude. Uma escrivaninha encostada à parede onde me observava num pequeno espelho. Era com minha própria imagem que eu mais dialogava. Havia ali um segundo César, meu duplo, com quem podia, sem riscos, fazer minhas confidências. E até ouvir suas críticas quase sempre impiedosas. Sem compromisso com a tarefa de viver, aquele outro César podia dizer o que pensava das coisas e de mim. Sobre a escrivaninha, o notebook, saldo de minha vida anterior. Enquanto escrevo já não estou na Vila nem sei se ela ainda está de pé. Não me perguntem onde estou agora nem por que estou onde estou. Ainda não posso responder. Minha resposta poderia, dita agora, assustar meus leitores. Nos últimos dias, por razões que fazem parte desta história, tenho andado clandestino pela cidade, evitando amigos, ex-amigos, conhecidos. Até há alguns dias tinha

– 21 –

ainda a companhia de um amigo. Sim, um único amigo. Gabriel. Acompanhava-me em sua cadeira de rodas, que eu empurrava vida afora. Gabriel foi peça, a necessária vivência para tudo o que narro nesta história. Suas confidências, seus temores, sua imaginação assustadora. E sua influência sobre mim. Um processo que custei a perceber e que conduziu minha vida para caminhos antes impensáveis. Empurrei sua cadeira como quem empurra uma parte de mim mesmo. E andamos assim pelo mundo com a sensação de que por mais que caminhássemos nunca sairíamos do lugar. Talvez não estivéssemos em lugar algum. Andei pela minha cabeça enlouquecida, onde os caminhos são tortuosos e enganadores: Um labirinto que a cada instante parece se recriar, tornar-se ao mesmo tempo mais atraente e mais perigoso. Seja lá onde eu estiver agora, para mim dá no mesmo. Muitas vezes segui as orientações de Gabriel, seu desejo de revisitar locais que frequentava antes do acidente que o teria jogado na cadeira de rodas. Locais sempre estranhos, às vezes perigosos. Era como sair de meus delírios e navegar pela imaginação tortuosa de Gabriel. Verdade que nunca gostei de caminhar, preferindo o aconchego de meu pequeno quarto. Ali era meu mundo, o espaço que cabia em minha imaginação perturbada. Caminhar exige um sentido ou é apenas um serviço ao nosso corpo. Gosto de pensar e pensar exige cérebro, não músculos. Também nunca gostei de sol. É mergulhado nas trevas que muitos dos meus pensamentos são gerados. Muitas vezes afloram da boca de meu duplo, o outro César, com quem dialogo sempre, habitante de meu espelho. Na verdade, é estranho que me venham esses pensamentos que muitas vezes brigam comigo. E eu com eles. Parecem bólidos invasores que ocuparam minha imaginação como quem ocupa um terreno para morar. De qualquer forma era na escuridão e no aperto de meu pequeno quarto que eu tentava dirigir meus pensamentos para o mundo que eu julgava ser real. Sem espelhos, sem duplos. O mundo que todos sabem o que é, mas que fingem não saber. Eu pensava que não, mas o tempo laçou-me pelas pernas e me arrastou pela vida marcando meu corpo para sempre com feridas e cortes. Já disse que não sou um velho. Quem sabe seria melhor dizer que tenho ainda pouca idade, mesmo não sendo jovem. Estou um pouco mais velho do que naqueles dias que narrarei aqui, ah, isso sem dúvida. E mesmo sendo assim, a meio caminho da vida, creio que já vivi muito. Tudo passa demasiadamente rápido em nosso tempo. Ou eu não teria visto tanta gente sofrer ao meu redor. Percebo ainda em meu rosto os restos da adolescência. São marcas que, em mim, custam demais a sair. Parece que tudo em mim é passado. Apesar disso, e com uma certa pena, sigo pensando minha vida como jovem, embora preferisse a velhice. Até mesmo uma velhice em sua fase derradeira, eficiente, nobre, digna, terminal. A morte seria bem recebida por mim, eu teria enfim a noção de realidade, o fim desse amontoado de anos que terei vivido sem nada entender da vida. E estaria livre do sofrimento de viver e de envelhecer. Não maldigo o sofrimento. O sofrimento é mais rico de ensinamentos do que o prazer. Testei isso quando furei a orelha para esse anelzinho na orelha direita, que faz as vezes de um brinco. Fiz isso ainda muito jovem, desígnio de identidade em minha geração. Pedi que não anestesiassem a orelha. Que furassem com dor. Isso me daria o sentido da realidade do que eu estava fazendo. Daquela dor eu nunca vou me esquecer. E é por ela que ainda conservo esse adorno na orelha. Por causa da dor. O brinco, mais do que o metal de que é feito, é aquela dor. Uma dor só minha, que só eu experimentei. De que eu gosto? Gosto de brincar com as palavras. Palavras são avessas ao tempo, mais disputam do que aderem à passagem dos minutos, das horas, dos dias, dos séculos e dos milênios. Palavras são o que escapa de nossos pensamentos, de nossas débeis certezas. Por isso são tão reprimidas. Por nossos amigos, nossos pais, políticos, militares, juízes. São o melhor de nós, o que de fato vale a pena. Ou o pior, quando tentamos nos valer delas para justificar nossos erros e traições. As ideias se criam aninhadas justamente nelas, nas palavras, sem as quais seria impossível pensar. Mesmo que pareça ser possível viver sem essas representações que muitas vezes mais representam a si mesmas. Digo isso sem muita certeza, mas quem pode me explicar esse mistério? Animais pensam, apesar de não contarem com as palavras? Só nós pensamos, em toda a natureza? Seria um privilégio e tanto, embora eu não tenha certeza de suas tão decantadas vantagens. Eu as uso aqui, mas adianto, não as tomo como cúmplices, nem como defensoras. Deixo-as livres, descubro meus pensamentos convivendo com elas e por elas. As palavras são diabinhos, divertem-se com os autores justamente quando eles pensam estar se divertindo com elas. E jamais serão desmascaradas ou denunciadas. Seus crimes são inimputáveis. Do abismo saltam com facilidade e caem do céu sem ferimentos. Da mesma forma escapam ilesas de assaltos, tiros, bombas, ódios, fogo, gelo, golpes de Estado. Escaparão até mesmo do fim dos tempos, se é que é possível falar do fim de um mundo de cuja existência tenho duvidado tanto, e do qual jamais alcançarei o sentido. Suportar a vida tem exigido de mim a busca das causas e das saídas, busca inútil e sem fim. Deixo então esse relato inicial como um registro de minha passagem por esse mundo de tantos enganos e traições. Um relato fiel, à medida que isso seja possível para um narrador de ficção. E por mais terríveis que sejam minhas revelações. Narrativas não fluem como água de um rio, simulando continuidade e paz. Não. Narrativas são espécies aceitas de gagueiras, amontoados de palavras, um monte de pedras na boca com as quais se busca o sentido que se quer expressar. Tantos buracos, ocos, silêncios que o leitor deve preencher com sua própria criatividade e agonia. Alerto que minha história não é uma história incomum. Aqui sou, como de fato sou, um homem como outro qualquer, às voltas com as incongruências e os desentendimentos do mundo. Se há alguma novidade, é que eu agi, segui a fúria de meu corpo em revolta contra o que me incomodava e ameaçava me destruir. Sento-me diante de minha escrivaninha, fecho o notebook, coloco sobre ele as folhas de papel sulfite com minha letra difícil, um tanto rabiscada, anotações que serão passadas para um arquivo de meu computador. Nem sei mais quantas páginas escrevi. Não quero revisitar o que já contei. Os textos vão brotando como se saídos do nada. Uma voracidade que eu mesmo desconhecia. A mão parece sempre dirigida por algum demônio. Teima em expor as ideias esquisitas que descubro em minha cabeça. Palavras, acontecimentos que vou revisitando ou inventando. Parecem criar uma imagem do que sou ou devo ser, goste ou não. É uma experiência nova, já que o hábito de escrever no computador nos leva, muitas vezes, à futilidade, ao sentido de efêmero, fugaz. Sim, eu continuo a fazer isso no editor do notebook. E frequentado as redes sociais. Mas quanta futilidade! E também quantas perguntas inúteis. Também não sei por que escrevo, enviando mensagens para fantasmas de meu cotidiano, pessoas que conheço pelo que dizem ser e pelas fotos que dizem revelar como são. Fico imaginando como seriam realmente aquelas pessoas, se seus perfis são ou não verdadeiros, se as fotos seriam mesmo daqueles fantasmas. Sempre os tratei como fantasias reais que poderiam existir para mim, sem que essa existência exigisse deles que existissem para eles mesmos. Sempre fui solitário. Durante muito tempo fui abduzido por esse mundo enigmático e descompromissado da tela de meu computador. Não sei quem são as pessoas para quem escrevo. Sei quais são suas imagens. Elas me aceitam como sou, com minhas loucuras e a excitação de expor minhas verdades mais íntimas. Aceitam também que eu minta, que invente, que distorça, que provoque. E espero sempre o afago inconsequente daquelas mãos que nem existir existem de fato.

Viver

* * *

Que alguém sofra, para me livrar do sofrimento. Que alguém seja condenado, para que eu me livre das acusações. Que o outro se torne maldito, para que nós sejamos aceitos

Ao tempo em que se passa essa história, eu vivi num quarto de solteiro. Ficara para trás a vida entre amigos, colegas dessa nova profissão de quebradores de galhos em informática. É um meio onde se pode ganhar tudo e também perder até mesmo o que não se tem. Um meio perigoso onde aprendemos coisas demais, tornando-nos senhores de informações sigilosas que inflam nossa imaginação e fazem crescer o interesse. Numa dessas, dancei. Tudo ia bem, hackeamos as contas de um banco e já contávamos a fortuna dividida quando tudo deu errado. Não sei explicar. Deu errado e pronto. Não me peçam a humilhação de narrar erros vergonhosos de minha vida. Tive que fugir. Fui parar num quartinho de periferia. Era preciso ficar ali por um tempo. O quarto ficava numa espécie de pensão, pouco mais do que um cortiço, quartos isolados no terreno até próximo da antiga casa da proprietária. Éramos sempre quatro ou cinco solteiros, cada um com seu modesto apartamento e suas histórias. Apesar de maltratado pelo tempo e pelo uso, o casarão do fundo ainda conservava um ar senhorial, provavelmente construído no início do século XX, num tempo em que as construções ainda exibiam um certo prazer estético. O aluguel dos cinco quartos, evidentemente construídos depois, garantia a renda com que viviam os donos do casarão. Poderia ser mesmo um cortiço, não fosse a separação individualizada dos quartos e o nível medianamente apresentável dos donos atuais. Meu quarto era o mais próximo da antiga casa. Isso me obrigava sempre a passar por todos os outros quartos, ao sair para a rua. Há uma regra, nessas habitações: o respeito à privacidade. As pessoas convivem pouco ou nada, preferindo o isolamento, porque viver ali é um momento indesejável de suas vidas. Eu respeito sempre esse desejo de não compartir nossas misérias. Ali éramos miseráveis de outro tipo, não de origem. Estávamos miseráveis. Mas apesar desse cuidado, eu não censurava minha curiosidade sobre meus vizinhos. Um deles era um jovem tímido, muito magro, o olhar fugidio, com tatuagem num dos braços. Sempre muito sério e elogiado por Lisabete, a proprietária, como sendo o mais pontual, o que nunca deixava de pagar ou atrasar o aluguel de seu quarto. E olha que talvez seja o mais pobre de vocês, provocava Lisabete. Vanderly, era o nome do rapaz. Outro morador era um senhor já de idade, muito quieto, quase invisível, de poucas palavras. Saía bem cedo, silencioso, e só voltava ao anoitecer. Esses dois eram, como eu, os moradores fixos. Outros dois quartos serviam para moradores de passagem, viajantes, pessoas sempre discretas e distantes. Uma moradia coletiva é sempre berço de fofocas e invencionices. Ainda mais quando se sabe que há uma história e essa história nunca é contada. O vácuo é logo preenchido por todo tipo de invencionices. Os seres humanos lidam mal com o desconhecido. Lidam melhor quando entregues ao pensamento religioso, cedem ao temor da força de algum grande espírito ou senhor pronto para castigar. Fora das igrejas, o terreno é livre para a imaginação. E a imaginação tem como hábito dar à realidade a forma de seus preconceitos e medos. O mal, em nós, é a miséria moral generalizada que nos corrói e condena. Nos outros, a mesma miséria é nossa libertação. Mesmo que neles o mal não passe de nossa imaginação, nosso desejo egoísta. Que alguém sofra, para me livrar do sofrimento. Que alguém seja condenado, para que eu me livre das acusações. Que o outro se torne maldito, para que nós sejamos aceitos. Que alguém seja preso, arrestado, para que sigamos livres. Que alguém seja mais feio, para que pareçamos bonitos. Ou mais pobre, mais ignorante. É difícil encarnar a essência da vida do outro, e por isso nos constituímos em sociedades para que os desejos dominantes oprimam as minorias. Ou as maiorias. Os indivíduos, em suas naturezas próprias, tornam-se clandestinos. E perigosos, quando escapam às grades civilizatórias. Aí, nesse terreno pantanoso, costumam brotar muitas de nossas melhores histórias. Rebeldia, medo, inadequação e violência são os maiores alimentos da literatura. Eu preciso agora falar de duas figuras humanas fundamentais nessa narrativa. Uma delas é a proprietária de nosso pobre condomínio, a altiva e severa Lisabete. Assim mesmo, Lisabete, já que o escrivão se esquecera do "E" inicial. O outro, digamos assim, personagem, é o filho de Lisabete, o jovem Gabriel, que dá título a essa narrativa estranha, marcada pela relação de amizade e confiança. Posso dizer que uma relação além do razoável. Gabriel era uma presença perigosamente contagiante. Suas confidências me influenciaram, para o bem e para o mal, e me estimularam a escrever esse relato em que se verá que Gabriel me conduziu a um lado negro e desconhecido de minha própria consciência. Mas não se enganem os leitores se esses textos erráticos chegarem até vocês. Não farei aqui relatos descritivos desse tipo de vida coletiva envergonhada, comum nessas vilas e prédios de apartamentos. O que eu penso que deveria descrever já o fiz. Pois há um só tema que me impulsiona a escrever e tudo o que eu disser estará subordinado a um só sentimento. A dor. Uma dor que move meus dedos, inunda meus olhos e faz da vida um silêncio triste e sem saídas. Fui criado pelo escritor como um fabulator, para contar a história de Gabriel, como insinua o próprio título deste livro. Aqui se verá, no entanto, que a verdadeira história de Gabriel está em sua insidiosa relação comigo. Uma história temperada com a desilusão amorosa que mudou minha vida e me fez buscar a solidão. Para compreender Gabriel, é preciso me compreender, compreender meu próprio drama. Minha dor, para espanto do próprio autor, estará em evidência, com status de protagonista. O nome dessa dor é Isabel.

Isabel

* * *

A tristeza estampada em seu rosto abatido
me dava uma sensação de realidade

Isabel surgiu em minha vida pela internet. Eu ainda vivia no centro da cidade, em minha confortável quitinete. Uma garota pedia para entrar em minha página. Era Isabel. Entrei em sua página e sua imagem bateu em mim como uma marca de ferro em brasa. Atraiu-me na foto, desde o primeiro instante, o olhar tranquilo, protegido por fios esparsos de cabelos negros estranhamente marcados por manchas vermelhas. Traços leves, cabelos que escorriam como sangue de seu olhar seguro e tristonho. Uma tristeza indefinível, o olhar timidamente dirigido à câmera, como um apelo. Contrastando com esse sentimento interiorizado, eu sentia em sua expressão uma sabedoria que me cativava. Um rosto maduro, vivido, em que sua personalidade parecia se sobrepor ao sofrimento. Seu rosto, ocupando a tela do meu notebook, fazia aflorar em mim a consciência de minha própria fragilidade, o sentimento de ser nada, inexistir. Diante do olhar de Isabel, eu era um garoto imaturo, vazio. Isabel. Em sua apresentação, dizia que a foto fora feita logo depois de um acidente de moto. O namorado dirigindo, ela na garupa, quando foram atingidos por um carro em alta velocidade. O namorado morreu, ela teria se ferido na cabeça e no rosto. Eu estava fascinado por aquela imagem e pelas marcas do acidente em seu rosto. Davam-me uma rara sensação de realidade. Eu estava finalmente diante de uma mulher de verdade. E essa mulher me queria. Em pouco tempo já trocávamos confidências, rompendo barreiras. Você me excita... Depois dessa mensagem em que ela falava de sexo e confessava que sonhara comigo, resolvemos marcar um encontro. Pedi a ela que enviasse uma nova foto. Queria ver melhor seu rosto e a deformação que marcava tanto sua imagem. Confessei a ela que gostava de seu rosto assim, marcado pela vida. Tirava dela qualquer banalidade, inspirava confiança. A nova foto nunca chegou. Mas eu estava decidido, apesar de tantas perguntas, dúvidas, medos. Encontros assim são sempre fontes de uma angústia infinita. E Isabel disse o sim. Imprimi sua imagem, fiz a barba, tomei um demorado banho. E saí, em meio aos olhares perdidos de meus vizinhos do prédio onde eu ainda vivia, no centro da cidade. O encontro se daria no bairro onde vivia Isabel. Segundo ela, na esquina da melhor padaria do bairro, junto a uma banca de jornais. Estaríamos os dois de jeans e uma blusa branca. A ideia de um fracasso, o medo desse encontro tiravam minha paz. Apesar de tanta insegurança, cheguei ao local na hora certa. E parecia acontecer o que eu mais temia, nada de Isabel. Fiquei ao lado da banca de jornais, espantado com a dimensão de minha angústia. Ela não virá... O coração batia acelerado diante da visão de cada figura feminina de passagem pela rua. Desiludido, atravessei a rua e busquei o refúgio da padaria. Solitário, eu bebia minha cerveja, incomodado com os olhares curiosos dos frequentadores. Eu era um estranho ali e os moradores desses bairros são zelosos em controlar as novidades. Um novato pode representar muita coisa, inclusive o perigo. Todo cuidado é pouco. Até mesmo porque ninguém, sem maiores razões, arrisca-se a mudar para esses lugares tão vigiados e, quase sempre, violentos. Alguma razão haveria. Na situação em que me encontrava, tentando escapar de alguma busca pelo fracassado golpe como hacker, isso me incomodava. Eu também desconfiava das pessoas, cada um ali podia ser um policial, um investigador, um olheiro, um delator. Provavelmente essa intranquilidade era percebida, o que aumentava o risco. Mas uma pessoa me olhava com simpatia. Uma única pessoa. Uma garota. Não teria mais do que vinte anos, muito jovem. O rosto bonito, os cabelos presos, um rabo-de-cavalo bem penteado e bem amarrado. Estava com um grupo barulhento de amigos, certamente estudantes, ainda com suas pastas e mochilas. E olhava-me com um disfarçado sorriso nos lábios bonitos. Tudo se deu em tão pouco tempo, logo os colegas se movimentaram e a bela moça saiu arrastada naquele caudal juvenil, irresponsável. Apesar de encantado por aquele olhar, pensei que a perdia, sem chances de uma aproximação. Mas a moça parecia decidida. Fez parar o grupo, ouvi que dizia ter esquecido de comprar os pães pedidos pela mãe. Voltou, o olhar decididamente atirado contra meus olhos. Comprou os pães e, antes de sair, escreveu alguma coisa num pedaço de papel. Sou Isabel, mas tenho que ir agora. Um outro dia espero você. Li, depois que ela jogou o papel sobre minha mesa e partiu com seus amigos. Isabel? Não podia ser. Era jovem demais. E nenhum defeito no rosto. Mas estava vestida tal como havíamos combinado. Caí num profundo abismo, de onde gostaria de nunca ter voltado. A garota havia deformado sua própria imagem em sua página. Protegia-se, certamente.

Ou brincava com seus possíveis admiradores. Eu olhava desolado para a garota que se afastava, procurando nela o objeto de meu amor. Nada daquela garota me atraía. Eu me sentia traído, queria a mulher por quem me apaixonara e não aquela garota bonitinha, tão comum. Ela não era a minha Isabel. Por que as pessoas se ocultam na imagem de outra pessoa? É o engano desse mundo que há muito não nos mostra mais sua verdadeira face. Somos todos essa inexistência, esse não ser nada enquanto não nos elegem como ser, como o imaginário de seus desejos. Guardo comigo a imagem de Isabel, com sua deformidade no rosto, o queixo deslocado. Uma marca também em minha vida. Passei um tempo ainda esperançoso de encontrar a verdadeira Isabel. Eu a reencontrei um dia. E logo todos saberão de sua tragédia pessoal. A tragédia desse amor impossível.

Pobre Isabel.

Escrever

* * *

*Eu não gostava de ser jovem. Não gostava dessa
liberdade que mais aprisiona do que liberta*

Sim, viver deveria ser celebrado a cada instante. É verdade que
tudo parece agora mais difícil. O mundo parece patinar em suas
derrotas, nas derrotas sucessivas de tantas gerações. Vivemos à
espera do fim de tudo. Muitas vezes me questiono, estarei vendo
o mundo assim levado por uma desilusão que me feriu tanto?
Tornei-me ainda mais solitário, preso ao meu quarto, alheio ao
que se passava ao meu redor. Vivia no centro da cidade, convivendo com a fauna de jovens desgarrados, inúteis. Quase todos
recém-chegados do interior, outros rompidos com suas famílias
da grande cidade. Mas a desilusão com Isabel levara minha vida
para uma inquietação sem limites e o afastamento dos poucos
amigos. Fugi dos ambientes em que nos encontrávamos, fugi das
confidências, das trocas de experiências de vida. Eu estava absolutamente só no mundo. Da minha vida restava apenas aquela
dor, só minha, que eu não podia transmitir a mais ninguém. Pois
aquela dor não existiria para mais ninguém. Eu era aquela dor.
Tomado por essa inquietação, isolado, silente, resolvi me mudar.
Uma pequena esperança de ainda encontrar minha verdadeira
Isabel me fez pensar no bairro em que ela dizia viver. Certamen-

te uma ilusão. Diante de minha escrivaninha, em minha nova habitação, instalei um pequeno espelho na parede. Eu o coloquei ali para tentar me entender, olhar-me de vez em quando. Alguém com quem eu pudesse dialogar, mesmo que fosse minha própria imagem. Eu tentava, dessa maneira, reconhecer-me nos momentos em que a vida parecia me escapar. Pequenas eternidades em que eu me desconhecia em meus próprios textos, meus pensamentos e sofrimentos. Não parecia velho, como revelava a imagem de meu rosto. Quase nada de barba, sinais de espinhas, o brinco discreto em uma das orelhas. Discrição que denuncia a falta de convicção em meus anos de juventude. Segundo meu criador e de acordo com minha personalidade, eu não gostava de ser jovem. Não gostava dessa liberdade que mais me aprisionava do que libertava. Não gostava da facilidade com que tantas ideias brotavam como flores nos desertos para serem logo soterradas. Incomodava-me a volatilidade infantil com que ideias novas eram expostas e glorificadas por alguns segundos e depois abandonadas, descartadas sem qualquer dor, qualquer sentimento de perda. Mais de vinte anos passados, desde que cheguei a essa grande cidade, tenho ainda a atração pelo passado. A austeridade antiga, a autoridade dos pais, dos governantes, a arrumação nas mesas antes do jantar. É uma atração estranha, sem futuro. A verdade é que vivo num mundo que nossos pais não souberam criar, e que minha juventude tomou como seu, com todas as suas deformidades, depois de tantas derrotas em tantas gerações. Folheio as páginas digitadas dos jornais e escrevo muito, por compulsão. Odiaria se todas aquelas palavras não passassem desse tão comum exercício de submissão ao leitor. Mesmo quando escritas por escritores jovens. Odiaria ver ali ideias comuns, descartáveis, escritas para que os leitores se identificassem com elas. Que legitimassem o vazio em que todos vivemos. Odeio essa falsa solidariedade que sublima o nada, rende-se à falta de sentido da vida. Oportunismo literário que ajuda os leitores a se odiarem menos, pela falta absoluta de sentido de suas vidas. De certa forma estarei, de novo, prisioneiro de minha escritura. Eu estarei ali, incompleto, muitas vezes incompreensível, muitas vezes de forma reveladora para mim mesmo. Meu livro será um retrato do que sou, um nada. Um retrato eventualmente mais real do que sou ou que aparento ser. Até para mim eu serei uma verdade que incomoda. Tantas coisas reais desse mundo me inquietam, o desejo de agir sobre elas. Mesmo sem saber se devo, se é justo, se levará a alguma coisa ou se será apenas mais uma derrota. Temo que nada do que eu puder fazer mudará uma reles unha de um mundo tão perdido. E de mim. Olho-me fixamente no pequeno espelho à minha frente. É como uma tela. Imagino ali meu encontro com um editor. Apenas imagino.

O editor imaginário

* * *

O que é a realidade para você?

Gabriel ali comigo, preso a uma cadeira de rodas. Sua mobilidade depende de mim. Não só para se locomover, mas para realizar muitas dos desejos que rondam sua imaginação. E viver seu mal-estar no mundo. Somos cúmplices de tantos desatinos nessa história. Mortes que pesam em nossas almas desavisadas. Clandestino, fugindo de meus crimes, empurro a cadeira de rodas de Gabriel para trás de uma grande árvore na praça e atravesso a rua. Entro, pedem que eu espere, servem-me água e um café. Sinto que estranham minha figura desleixada e a roupa encardida. O editor vem me receber, um sorriso forçado nos lábios. Mania repetitiva de examinar o celular, embora nenhuma chamada aconteça. Tem uma expressão simpática, tenta passar uma imagem profissional e interessada. Poderia ser, não meu pai, mas um tio, quem sabe. Está bem, eu vou ler sua história, mas preciso saber alguma coisa de você. Tudo está aí. É uma ficção? Não sei... Uma história imaginária ou tirada da realidade? Realidade? O que é a realidade para você? Seu nome verdadeiro. Isso é a realidade? Pelo menos parte dela, podemos começar por aí... Se isso realmente nos aproxima de alguma realidade, meu nome é César.

Só? É o que está no texto, não basta? Qual a sua idade? Está aí, em meus documentos. Documentos? Os textos em suas mãos. Eu preciso saber e ter certeza de que os textos são mesmo seus. São meus, tanto quanto os crimes aí descritos. Crimes? Sim, crimes. Você os praticou? É o que eu disse, queria ser julgado pelos meus atos e então resolvi escrever minha história. Entendo. Entende? Que surpresa. Tem alguma profissão? São perguntas demais, não vou responder. Esses crimes são verdadeiros ou apenas escritos, ficções? Eu já disse, mas há alguma diferença entre praticar um crime de carne e sangue e um crime literário? Está foragido? Olha, fique com o texto, eu vou me mandar e nem você nem ninguém vai me encontrar depois de ler essas confissões. Espere, eu não deveria aceitar. "Eu não deveria aceitar", se estivesse mesmo a fim de recusar, já teria me devolvido, ora "eu não deveria...", há momentos em que as ações valem mais do que as palavras. Alguma chance de te reencontrar? Nenhuma. E olhe, você perguntou sobre minha profissão e vou responder, "ex". Ex? Isso mesmo, ex, só isso, ex! Ex-escriturário, ex-vendedor de celulares, ex-técnico de computadores, ex-professor, ex-tudo. E esses crimes, alguém sabe deles? Qual deles? Mais de um? É uma história longa, você vai saber, lendo o texto. Muitos mortos? E vivos, certamente, já que os mortos tiveram lá suas chances de viver. Sim, mas eram pessoas, tinham suas vidas. Sim, mas nem sempre mereciam. Com um movimento brusco saio sem olhar para o editor. Levanto-me da cadeira, atravessando rapidamente a sala. Corro, arrastando a barra da calça pelo cascalho sujo da praça em que me refugio. Ali está Gabriel, em sua cadeira de rodas, que empurro sem cuidado. Sou incapaz de responder às perguntas que ele me faz. Ansioso, olhando-me fixamente, queria saber se eu cumprira o que havíamos combinado. Sim, deixei o manuscrito com o editor, agora é esperar, respondo, incomodado com a insistência de Gabriel. Ao mesmo tempo dirijo meu olhar para a porta do escritório do editor, esperando que ele ainda procurasse me ver, me alcançar, já que saí sem me despedir. Gabriel me perturba com sua ansiedade, quer saber se o homem leu. Não, ele não leu ainda, espero que leia. Deixei com ele meu texto, com autorização assinada e firma reconhecida, vamos ver! Está claro que a partir daquele momento o editor estaria só no mundo, com meu texto nas mãos. Sim, Gabriel, junto está seu manuscrito! Que fizesse o que bem entendesse com toda aquela história, com minha narrativa e com o manuscrito de Gabriel. Misturo-me a um grupo de pessoas da rua, procurando me confundir com eles. Parecem solidários, talvez porque empurro a cadeira de rodas com Gabriel. Como se compreendessem o que se passava, todos se movimentam em direção à saída da praça. Apesar disso desconfio deles. Desconfio daquela solidariedade, mesmo me esforçando para entender. Alguns me olham ainda e, curiosamente, percebo agora algum lampejo de vida nesses olhares. Talvez pressintam uma pequena aventura. O grupo parece orientado a confundir, todos muito parecidos em seus andrajos. Descalços, sujos, arredios. Saindo da praça se dispersam, cada um para um lado. Fico sem saber quem eram, seus nomes, por que estavam nas ruas. Até desaparecerem todos. Uma existência tão duvidosa. Sumiram, como um vento silencioso e arisco. Gabriel insiste, quer mais detalhes de minha conversa com o editor. Eu digo espere, depois conto tudo. Sim, Gabriel, também seu manuscrito está lá, faz parte do texto! Era preciso esperar que aliviasse essa angústia que me domina, o sentimento de estar em outro lugar. E, ao mesmo tempo, em lugar nenhum. Ou que pelo menos o editor me procurasse. E que eu pudesse ainda falar sobre minha própria história. Insistir com ele para que incluísse o manuscrito de Gabriel. Não, na verdade não é o que eu quero. Eu quero que ele faça o que quiser, que rasgue, que publique. Assim estarei me livrando de minha própria história. Para se livrar de seus pesadelos, as pessoas precisam encará-los. E, se possível, transformá-los em literatura, filme, música, seja lá o que for que não tenha carne. Para isso também servem as palavras. A vida é jogada ali e ficamos livres de nossos pecados. O editor sai à porta e eu me escondo. Eu me distanciei muito pouco, empurrando a maldita cadeira de rodas de Gabriel. Não quero que me encontre. Não percebendo que eu o observava, o editor folheia o texto, umas cento e cinquenta páginas de letras *new roman* miúdas. E examina o manuscrito. Fica inquieto, olha para os lados, bate na perna o pacote de papéis amassados. Aquilo pesa em suas mãos. Ao mesmo tempo, aguça sua curiosidade. Ele vai publicar, disse eu para Gabriel. Ele vai publicar.

Lisabete, a mãe de Gabriel

* * *

O ferro de passar roupa era um pequeno sol
que as mãos ainda podiam dominar

Minha imaginação era teimosa, eu não desistia de Isabel. Despencava naqueles abismos desconhecidos, a escuridão do mundo proibido, a vida naquela solidão sem fim. Gabriel havia me contado muitas histórias. Falava muito de sua mãe. Relatos que nunca satisfaziam minha curiosidade sobre aquela mulher, Lisabete, com seus modos tão grosseiros, estranhos. E tão reservada. Antiquada nos modos de falar e de se vestir. Parecia a todo o tempo se proteger do assédio masculino, já que todos os moradores ali eram homens. Repasso aqui, a meu modo, alguns desses relatos de Gabriel, carregados de revelações, queixas e perguntas. Com seus dezenove anos, Gabriel era quieto, preso à sua cadeira de rodas. Sempre às voltas com seus cadernos ou perdido em seus devaneios. Passava a maior parte do tempo na pequena varanda da casa, pensando nas desarrumações do mundo. A sabedoria, a sabedoria, disse-me ele quando perguntei de que coisa ele mais gostava. O saber é um animal faminto, não há caça que o sacie nem dissimulação que salve as vítimas de sua fome. E nem muros, grades, abismos capazes de impedir a voracidade de seus desejos. Embalado pelo relato de Gabriel, eu olhava disfarçadamente para a janela, observando a sisuda Lisabete. Passava roupa como uma velha senhora, apesar de jovem ainda. Em seu destino de mãe, a obstinação de dirigir para algum bom lugar a vida daquele rapaz. O olhar sempre preso à tarefa, o cuidado para não se queimar com as brasas que aqueciam o ferro de passar. Gostava daquilo, o ferro, a brasa. Cumpria assim o desejo de sua nostalgia. Era como mergulhar no passado de sua própria mãe, de sua avó, bisavó, tetravó. Uma história familiar da qual restava apenas o casarão decadente. Lisabete se agarrava a ele como guardiã daquele passado. O casarão em que vivia e de que dependia para viver. O passado a sustentava. Daí vestir-se como essas velhas senhoras com seus modos de viver e de vestir. Gabriel também tentava entender. Intrigava também o calor, o porquê daquela ira de pedaços de carvão capazes de reduzir um ser humano a cinzas. O ferro de passar roupa era um pequeno sol que as mãos da mãe podiam dominar. Proeza que fazia e repetia incessantemente como um ritual cotidiano. Sem esforço, sem ares de conquista. Um sol aprisionado entre ferros e grades. Um brilho criado como fera domesticada que guarda sempre consigo seu instinto feroz. Mas que silencia e se aquieta, obediente, quando acariciada pelas mãos dos donos. O ferro de passar era assim prenhe de vida, iluminado pela lava em seu interior, deixando-se levar docilmente, conduzido pelas mãos distraídas de Lisabete. Os movimentos instintivos da mãe fazendo deslizar aquele barco em chamas sobre a roupa de seus filhos, alisando o brim das calças de Gabriel ou a tessitura suavemente brilhante de Luciana. Era tão estreito aquele mar e, no entanto, o barco pedia mais energia, mais vontade. E o sopro da mãe alimentava esse desejo, reacendendo as brasas, iluminando o rosto bonito. Lisabete, apesar do corpo frágil e do sorriso triste, era uma fortaleza. Gabriel queria vê-la enfrentando o sol de verdade. Aí sim, confessava. E revelava seu cuidado ao falar comigo. Mesmo atenta ao fogo, minha mãe me vê, disse ele. Sem me olhar, me vê. É impossível escapar. Se o sorriso é amigável, os olhos são fulminantes. Nas poucas conversas, os conselhos de mãe. Não busque o oco do mundo, me dizia ela. Dali nem eco, nem eco volta. Que adianta perguntar, querer saber o que nem o mundo sabe? Lá vinha ela com o mundo, a seu modo. Seria melhor escrever "mundo" como coisa diferenciada, coisa dona, poderosa, Mundo. Dali do abismo de cada um nem o eco volta, nem o eco volta, nem o eco, nem o eco, eco, co, o...

O abismo do Cabo Davino

* * *

A experiência de afrontar os mortos é uma das mais ricas,
tentadoras e prazerosas aventuras do ser humano

Esqueço o relato do pobre Gabriel com seus desentendimentos.
Segundo ele, sua mãe Lisabete falava sempre de abismos e da
escuridão. Eu bem sei de onde vem, para todos nós deste fim de
mundo, o medo do abismo. Para muitos o abismo era o perigo,
a morte. Para Gabriel, o encantamento. Foi justamente Gabriel
quem primeiro me contou a respeito do Cabo Davino. Vivia
relembrando o precipício da beira de nosso bairro. O abismo do
Vela Acesa. Ali o eco voltava!, dizia ele. O mesmo precipício do
córrego do Vela Acesa, espaço em que reinara absoluto o Cabo
Davino. Um longo reinado até sua própria morte. Um poder
que seguiu os rituais macabros criados por ele mesmo para liquidar suas vítimas. Gabriel se empolgava com sua narrativa e
guardava, debaixo de seu corpo, assentado na cadeira de rodas,
um livro já envelhecido. Amassado, sem capas, folhas rasgadas.
Naquele dia resolveu me contar. E leu um trecho do livro. É a
história de Davino, disse ele. E da Vila que construiu em nosso
bairro, a Vila do Cabo.

(...) Ali era o seu útero e sua casa, de tal forma se identificava com o formato inclinado do terreno, a beleza descortinada do ponto mais alto, com o olhar se perdendo na permanente nuvem mesclada de vapor d'água e fumaça vinda das milhares de fábricas do ABC paulista, de forma que a miséria do bairro desaparecia lá embaixo e o cabo se sentia ali como no limiar do paraíso, a sensação de que poderia caminhar dali, do morro do Vela Acesa por sobre a fumaça e encontrar a maior paz que jamais conseguira imaginar e que seria, no dia em que tal sonho se concretizasse, o momento maior de sua existência. Lá de baixo, à beira do abismo onde jogava os corpos dilacerados, o chão, pelo contrário, se apresentava como uma boca agressiva pronta a devorar, com sua tez de fogo e rugidos reverberados, todos os que ali se aventurassem seja por vontade própria, seja por vontade de outrem ainda que absolutamente contra sua própria vontade, de tal forma que os anônimos quilos de carne muitas vezes ainda com vida pareciam flutuar primeiro no espaço, como se a garganta voraz tivesse uma inteligência satânica e se divertisse por algum tempo ante cada pedaço de comida que lhe era atirado, fazendo-a flanar como plumas que eventualmente pudessem ter a efêmera ilusão de ainda escapar, quem sabe agarrar-se a raízes ou escarpas vislumbradas pelo caminho abismo abaixo, ilusão que logo se desfazia no pavor infinito dos poucos segundos entre ser largado pelas mãos eficazes do cabo e despencar com força brutal entre os dentes inermes e passivos do vale do Vela-Acesa. *

Ali sim, continuou Gabriel, os corpos saltavam vivos feito bólidos em queda no espaço para jamais voltarem. A não ser que tivessem almas e que as almas flutuassem depois para algum lugar. Ou quem sabe zoando em volta de cabeças curiosas como a minha. Zumbido pavoroso do fim de tudo. Coisa morta que fala e insiste que não, que não está morta mesmo estando. Gabriel falava como se falasse para si mesmo, reflexivo. Uma história antiga, a história de um falso soldado, o Cabo Davino. Sim, Gabriel, as histórias antigas também me atraem. Nesse sentido sou como sua mãe. Quem poderá explicar isso? Quem sabe o dissabor de viver num mundo tão dilacerado. O passado tem seus encantos e exige menos de nós. Gabriel sempre se emocionava ao me contar suas histórias. Lá de cima daquele abismo o justiceiro enviava os corpos de suas vítimas encomendadas. Ainda vivos. Era uma queda de mais de cem metros. Quem ouviu, dizia Gabriel, nunca mais poderá esquecer o eco poderoso, feito um bafo de morte. Um lamento irado, vindo das entranhas da terra, do fundo do precipício. Um bafo descarregado da podridão e da revolta dos assassinados. Um desafio inútil aos mandantes poderosos que manobravam as rédeas do Cabo assassino. Sempre assim, os mandantes, comentei. O mundo tem dessas deficiências. Muitas vezes, muitas e muitas vezes, incapazes de executar pessoalmente suas tarefas, os poderosos usam esses serviços. Extensões de suas almas, de seus desejos, capazes de nos confundir, de nos fazer sofrer nesse nosso mundinho particular, completamente injusto, covarde. Gabriel não parecia concordar. O mundo é cego, de uma cegueira vil, costumava repetir. Frases tão pesadas para sua pouca idade. O horripilante bafo daqueles mortos escalava aquelas centenas de metros acima e chegava sufocante aos curiosos à beira do abismo, dizia ele. Chegava feito um vento quente e terrivelmente malcheiroso. Muitas vezes esse miasma enlouquecido agarrava e carregava consigo, para o além, os mais incautos, os mais insistentes e audaciosos. Os raptados teriam então que abdicar de todas as suas vontades e viver suas eternidades com aquele cheiro terrível. E com o calor dos corpos de onde teriam saído aqueles tufos de vento ruim. Assim, nosso mundo costuma se livrar de inocentes incômodos, dos mais lúcidos, dos inconformados, dos mais audazes, dos libertadores, dos renovadores. Para só depois se livrar dos serviçais desse serviço sujo. Ah, a vez desses pobres diabos também chegará! O precipício era proibido para crianças. Coisa proibida é que era bom. Eu me pergunto sempre por que o abismo ainda é proibido para crianças, se toda essa história pertence agora ao passado. A experiência de afrontar os mortos é uma das mais ricas, tentadoras e prazerosas aventuras do ser humano. Da boca do antigo precipício do Vela Acesa se descortina a desolada paisagem da cidade em que vivemos. A vista se espalha sobre telhados pobres da Favela do Vela Acesa, perdendo-se depois no infinito, a miséria sem fim e sem futuro. A vida aprisionada naquele nada, a inviabilidade do ser. O peso desse passado tenebroso pede sempre para regressar, depois de tanto tempo. Gabriel muitas vezes voltava a essa história, às suas lembranças. As palavras, ah, as palavras que a gente gritava à beira do precipício retornavam logo, tomadas pelo desespero. Era preciso se esconder para que nessa volta, enlouquecidas, as palavras já não encontrassem a boca de quem as proferira. O perigo de que se aproveitassem da ocasião e saltassem sobre nós envolvendo-nos com a aura escura de suas lamentações. A dor que ainda guardavam desde as quedas de seus corpos feridos. Palavras que subiam das profundezas em busca de quem as pronunciara, mornas, ansiosas por vingança. Vingança! Gabriel como que se despertou com essa palavra que tem o som de um punhal cravado no peito do inimigo. É uma palavra que aprendi tão cedo, disse ele. Desde o primeiro leite ralo de minha mãe. Meu pai, eu mal o conheci. Saiu de casa, levado por uma garota de programa... Os dois apareceram mortos no fundo do abismo do Vela Acesa. E sua mãe?, perguntei, temeroso de sua resposta. Eu não sei, nunca quis saber, disse Gabriel. Mas minha mãe me nutria com seus abismos e a crueldade de seu olhar de quem não se sabe o que olha, mas sabe-se o que vê. O olhar de um dos olhos era o olhar de seu próprio abismo. O do outro, o olhar de sua escuridão. A morte. O amor é sempre mais frágil que o conflito. Instável, desorientado quanto ao ser amado e o caminho. E o sentimento é um pequeno bólido doido, arremessado contra as paredes de um eterno rodamoinho de onde jamais sairemos. Eu me espantava e temia o peso daquele relato, mas compreendia o que Gabriel dizia. Era sempre eu, disse Gabriel. Sempre eu, sempre eu a desobedecer e a gritar à beira do precipício. A imaginar os corpos caindo também naquele vasto mundo. E seja lá o que acontecesse lá embaixo, mandá-los de volta do mesmo modo com que devolviam minhas palavras em eco. O que eu mais temia não era a morte, pois eu via que minhas palavras voltavam vivas. Meu medo maior era de que elas voltassem com raiva, com ódio, agressivas, violentas, à procura de quem as teria jogado naquele abismo sem fim. Sem fim e escuro. Sem fim. Escuro. Escuro, escuro. Eu me espantava com essas narrativas de Gabriel. Falava do Cabo como se falasse de um deus maldito de quem teria sido íntimo, apesar da tenra idade. Eu me imaginei ali à beira do abismo, tal como Gabriel em sua infância. Era um exercício de me colocar no meio do mundo escuro de Gabriel. Na verdade, disse-lhe, eu teria um temor contrário. O temor de que as palavras voltassem dóceis, submissas. Eu me sentiria morto. Gabriel sorria de minhas observações. Na verdade, sentia-se feliz. Eu assim me aproximava dele e com isso me aproximava do destino que ele imaginava para mim, sem que eu soubesse. Eu tratava Gabriel com espanto e curiosidade. E ele me tratava como alguém capaz de fazer por ele o que ele, imobilizado, desejava fazer com o mundo. Em alguns momentos, levado por essa crescente intimidade, essa rara confiança, punha-se a falar como quem falasse para si mesmo. Mas de um modo que me permitia ouvir. Gabriel queria que eu tomasse suas palavras como minhas. Minha mãe, dizia e repetia ele, recomendava sempre: nada de perscrutar o abismo. Nada de afrontar o escuro, nada de provocar o desconhecido. Não somos nós a olhar o abismo, é o abismo a nos olhar. Nada de chamar de volta o passado tenebroso. Nada de pensar no pai desaparecido. Ele não existiria mais como pai. E mesmo que o encontrasse, nele já não encontraria o pai. Nada de procurar com os olhos o que a alma já parece ter visto muitas vezes, já que o sabor do repetido é a saturação do gosto. O êxtase de qualquer emoção, o reencontro do bem, do querido. Ali, escuro e abismo eram o mesmo perigo, o mesmo desafio, a mesma tentação. O relato emocionado de Gabriel me marcou profundamente. A vida despejara sobre seus dezenove anos toda a carga de desentendimentos de toda uma eternidade, arremetendo-o para o abismo da solidão. Ah, solidão. Sei bem o que é, palavra que lembra só, lembra coração, lembra sol. Um sentimento cujo significado atinge a multidão e, dentro dela, os amigos, pais, parentes, irmãos, irmãs. Como é que essa imagem difusa feito névoa nos atinge a todos, feito uma espada cega? Para cada um de nós as palavras e os fatos se esmeram em parecer que o mal é de cada um. Sabemos bem que palavras, como dor, amor, ódio, si-

– 52 –

lêncio, são males de todos, de todos nós. E que todos sofremos suas existências, como partes de nosso ser. A solidão é tudo isso, como uma fantasmagoria que nos envolve. Uma nuvem pegajosa e espelhar, que remete nosso olhar para nós mesmos, um mal que se alimenta de si próprio. Gabriel se reanimava, curioso e admirado com meus comentários sobre suas histórias. Pois solidão, prosseguiu ele, é outra das primeiras palavras que nasceram comigo, carregadas dos abismos e das escuridões de minha mãe. Com todos esses elementos e indagações, o mundo parece ter forjado Gabriel não como uma criatura, mas como uma pergunta. Solidão. Adiantava nada fazer de minha própria solidão de adulto uma companhia para aquele rapaz. Era a solidão de um dando o braço à solidão do outro. Ajudei Gabriel a subir os degraus de sua casa com sua cadeira de rodas e saí dali em silêncio. Sua mãe nos olhava com desconfiança. Eu ligava aquele olhar severo à revelação de Gabriel sobre a morte de seu pai com a amante. Ela podia ter ouvido.

O soldado

* * *

Muitos mistérios cercavam a morte do pai. A rápida onda de boatos incriminava sua mãe. No entanto havia uma outra história, o interesse dos poderosos por aquele terreno do casarão

Um dia surgiu ali aquele homem estranho. Algum tempo antes de minha mudança para a Vila, segundo Gabriel. Vinha, uma vez por semana, visitar Vanderly, o rapaz do terceiro apartamento, perto da saída do conjunto de quartos de nossa Vila. Vanderly. Enquanto esperava parecia sempre impaciente, várias vezes abrindo a porta de seu quarto para ver se o homem chegava. E o homem vinha, sempre fardado, discreto. Entrava cumprimentando as pessoas, de longe, com leves acenos de mão. E o olhar forçado pela posição da cabeça, como se olhasse o chão. Parecia esconder o rosto. Não se sabia a razão daquele soldado. Da mesma maneira que não se sabia de fato quem era Vanderly. Sobre este diziam que era um rapper e que se apresentava em público com outro nome. Ninguém ali sabia qual. Aquele quarto seria a clausura de sua solidão. Ali se refugiava da fama e das perseguições de seus inimigos. E também dos aduladores. Se fosse verdade, teria dinheiro, além da fama acobertada pelo anonimato de um cortiço de classe média. Desconfiava-se, então, que aquele homem fardado vinha ali semanalmente buscar o seu soldo. Quem sabe como segurança do rapper. Respeitavam-no como se respeitam autoridades, embora ele fosse apenas um homem fardado. O olhar curioso do soldado, no entanto, descobriu, ali na Vila, um novo atrativo. A irmã mais velha de Gabriel. Luciana. Bela, as duas tranças caídas sobre as costas mal cobertas, as blusas decotadas e esvoaçantes, as saias que a mãe passava a ferro quente. Luciana parecia gostar das investidas do soldado. Quem sabe vendo ali uma forma de escapar ao rígido controle de Lisabete. O soldado se despedia de Vanderly e se dirigia ao casarão para um café e uma conversa amigável com Lisabete. Não perdeu tempo. Logo na primeira visita, comentou com Lisabete sobre os perigos daquela região, os tantos crimes, assaltos. E lamentou não existirem mais homens como o Cabo Davino. A lembrança de Davino intrigou Lisabete. O soldado insistia. Uma década atrás, Davino impunha respeito entre os bandidos. Gabriel também estranhou aquela referência tão direta ao pistoleiro, morto alguns anos antes por um rival. Era uma conversa aterrorizante, carregada de insinuações. Gabriel pensava em seu pai, a morte no abismo do Cabo Davino. Uma morte cheia de mistérios. E percebia que sua mãe via naquele soldado algum perigo. O homem parecia insinuar que Lisabete sabia das suspeitas sobre a morte do marido. Mas ela se mostrou disposta a bancar aquela ameaça, oferecendo ao soldado o que ele parecia querer. Luciana. Era preciso tratar bem o soldado e usar com sabedoria a possibilidade de uma proteção. Transformar a ameaça em segurança no vazio que a falta do marido provocara em sua vida, uma travessia de enigmática escuridão que o pai de Gabriel e Luciana deixara como herança. Olhando disfarçadamente para a mãe de Gabriel, eu poderia imaginar que naquele instante se revelaria algum interesse do soldado por ela. Lisabete era jovem ainda, traços bonitos apesar da falta de vaidade. E haveria ainda o interesse extra, a propriedade, o velho casarão com a renda dos quartos alugados, quem sabe? Mas o olhar do soldado se derramara mesmo sobre a jovem que dirigia a ele olhares insinuantes. Gabriel não gostava daquele homem, não gostava dessa ideia de um homem qualquer substituir a imagem paterna perdida no tempo. Lembrava-se muito pouco do pai, que o deixara já adolescente. O pai era pouco presente, desaparecia por longos tempos, em viagens pouco explicadas. Quando morreu, Gabriel tinha catorze anos. Eu pude sentir sua mágoa por essa ausência, sempre que se referia ao pai. Mas a imagem que guardava, certamente, era ornada pelo desejo e a saudade. Um carinho que nada tinha a ver com o ódio da mãe por aquele que a abandonara. Era a imagem de um pai, querido, perdido, que ele procurara por toda sua vida, sem julgamentos. Sabia, já na adolescência, que a volta era uma esperança absurda e impossível. Mas assim mesmo sonhava com o regresso do pai. Não lutava contra isso. Preferia passar a vida com o calor dessa ilusão a sofrer o corte seco de uma ausência. Gabriel, em seu silêncio, não gostava de ver a irmã atraída por aquele desconhecido. Sobre ele já pairavam tantas dúvidas. Mas o soldado conseguira seu intento, conquistando a confiança de Lisabete e a atenção de Luciana. Em pouco tempo se consumava a parceria ignóbil entre mãe, filha e aquele homem. Ele prometia a segurança que minha mãe subitamente descobriu que desejava, lamentava-se Gabriel. Em troca, o soldado levaria de nós a minha irmã. Oficializado o acordo, Luciana adquiriu a liberdade de sair com o soldado. Ela se entregava sem resistência alguma, como se seguisse seu destino, finalmente dona de sua vida. Inconformado, Gabriel assistiu a tudo em silêncio, preso à sua cadeira de rodas.

Desde então é com o estranho soldado que Luciana passava as tardes. Ele a pegava na escola e só chegavam em casa ao cair da noite. Gabriel guardava seu desgosto junto com a desconfiança que nutria por aquele homem. Em silêncio. A mãe o vigiava, temerosa de que ele se indispusesse com o soldado. Nada de provocar o desconhecido, dizia ela. Gabriel me olhava como quem se perguntasse se devia ou não seguir revelando os mistérios de sua família. Afinal eu ainda era um estranho ali. Mas ele confiava em mim. E prosseguiu. Minha mãe diz que Luciana, ao sair de casa, escapava ao meu saber. Distanciava-se irremediavelmente do alcance de minha compreensão. Preste atenção, meu filho, dizia ela, seria insano querer imaginar o mundo lá fora. Aquele mundo existiria somente para minha irmã, que saía de manhã para só voltar de noite, caminhando com as próprias pernas. Tanto tempo fora. No entanto eu a retinha na imaginação, onde ela seguia sendo minha irmã. O mistério de ser o que sempre uma pessoa é, seja lá onde estiver. Dor mais aguda quando conhecemos o ente querido por fora e jamais entenderemos o que é por dentro. A impossibilidade de viver uma vida que não é a de quem vê e que nem a pessoa que vive pode entender. Mesmo que saiba vivê-la, mesmo que nenhuma resposta encontre para qualquer pergunta que fizer. E aquele homem? Minha mãe deixara que ele entrasse. Ela que sempre se recordava do pavor de conviver com o Cabo Davino. Quantas vezes disse e repetiu, nada de fardas de soldado dentro de casa. Lembrem-se sempre daquele Cabo, quantas mortes carregava na ladeira de sua vida. Gabriel me olhava fixo, como se procurasse meu incentivo para continuar a falar. Eu sentia que ele precisava disso, falar, tirar de dentro de sua solidão verdades tão incômodas. E seguiu com suas revelações. Eu olhava minha mãe com meu olhar crítico, recomeçou ele, mas ela evitava esse confronto. Nada de farda, me dizia ela, mas admitiu aquele soldado que conquistou minha irmã. Não sei como, não sei como. Minha mãe, diante de qualquer sinal ruim, silenciosamente ralhava com minha irmã para que não se queixasse. Que se banhasse e que deixasse a água levar aquelas olheiras, o ar de sofrimento. Gabriel já não via barreiras em seu desabafo. Confiava em mim. E prosseguiu. Minha irmã parecia precisar sempre daquelas ordens para então parecer obedecer. Não me parecia, no entanto, que sofresse. Simulava, certamente porque a alegria desperta mais desconfianças do que a tristeza. O homem depois se afastava com um leve sorriso de vitória mal disfarçado no rosto rude. Eu ficava observando pela janela, sem compreender. Quantas vezes aquele soldado me via, sem temor algum e sem qualquer gesto de conquista ou aprovação. Era outro buraco escuro desse mundo. O mundo lá de fora entrava em nossa casa feito um vento de segredos e silêncios. Você devia agradecer, dizia minha mãe à minha irmã. E Luciana baixava a cabeça, embora seu olhar, assim protegido, me distinguisse como cúmplice de sua farsa. Ele nos protege com sua farda, dizia ela. E eu gosto dele, acrescentava, antes que eu a admoestasse. Gabriel falava sem se emocionar, como um analista frio, amadurecido em seus dezenove anos. Mas não se dava por vencido. Dirigiu o olhar para a mãe, que regava umas plantas no pequeno quintal de frente do casarão. Lisabete nos observava com o olhar fingido e curioso. Saberia ela que o filho andara com o Cabo assassino, Davino? E que o teria ajudado a jogar suas últimas vítimas no abismo do Vela Acesa? Nem Gabriel tinha certeza se ela sabia. Era uma história nebulosa, que confundia até mesmo a consciência de Gabriel. Tudo parecia incerto, a dificuldade em saber se sonhara tudo aquilo ou se de fato vivera aquela aventura tenebrosa. Mas Gabriel assumia essas memórias imprecisas como verdade. Ele teria procurado o Cabo logo depois da suspeita morte de seu pai e da garota. Queria conhecer o homem que poderia ter matado meu pai, disse-me ele. Mesmo desconfiando das intenções de Gabriel, Davino deixou que ele o seguisse. Gabriel conta. Tenho, sim, gravados na memória aquela escuridão do morro, os corpos ainda vivos sendo levados para o alto. E soltos no ar a mais de cem metros de altura do vale do córrego Vela Acesa. Trago ainda na memória o cheiro de sangue, de morte. E os sons, os gemidos abafados das vítimas do matador. Eu, de início, queria vingar a morte de meu pai. E para isso procurei me aproximar dele, ganhar sua confiança. Davino não era homem que temesse seus inimigos. Sempre preferira conviver com eles. Ele também se preparava para agir, antes do outro. Eu queria odiá-lo. Mas aos poucos fui sendo tomado pela autenticidade, por mais absurda que fosse, daquele matador. Envolvido por sua frieza, sua agilidade, sua precisão. Davino foi se tornando meu segundo pai. Gabriel mesmo confessava que dizia tudo aquilo já sem saber o que era real e o que era fruto de sua imaginação perturbada com a morte do pai. Mas o soldado agora era real, afirmou ele. Essa incômoda presença em nossa casa. Sim, disse eu, eu o vejo sempre, me intriga. Eu mesmo carrego comigo essa estranheza, a dificuldade de entender os sentimentos de Gabriel. E o significado daquele homem, invadindo suas vidas. Quando o vejo sair, passo horas imaginando aquele homem, completando a imagem de sua caminhada ao ir embora. Em poucos passos ele desaparecia na poeira da Vila, nas ruas estreitas e sujas. Ele era uma farda. E aquele sorriso que feria. Eu sabia que aquele homem buscava a irmã de Gabriel no trabalho. E que passava horas com ela antes de trazê-la para casa. Gabriel se queixava, mas contava como a mãe o controlava. Não se queixe, dizia minha mãe, cortando na raiz o olhar dissimuladamente queixoso de minha irmã. Nunca se queixe da vida. Nunca. A mãe então era aquele ponto zero de minha vida, murmurava Gabriel, como se confidenciasse consigo mesmo. A mãe era como se seu corpo ocupasse o vazio do mundo. Como se esse vazio percorresse a casa e o próprio mundo. Minha mãe estava em algum lugar, ali, depois acolá. Sempre um buraco no espaço, indiferenciado, como se a própria casa é que se movesse colocando minha mãe ora num lugar ora noutro, à medida que meu olhar a procurasse. Deixei Gabriel em seu monólogo sofrido. Apesar do sofrimento, eu pressentia alguma coisa de estranho no que ele me dizia. A forma fria e incisiva com que me contava essas histórias do pistoleiro Davino. Mesmo assim essas histórias impregnaram minha imaginação, me tiravam o sono. Custei muito tarde, tarde demais, para saber o que era estranho em Gabriel. Vou revelar isso, a seu tempo. Para Gabriel, o mundo era o oco escuro do fundo do abismo do Vela Acesa. E sua mãe, Lisabete, a fiel zeladora de tantos segredos guardados naqueles corpos pútridos. Era a recusa. Ou melhor, vendo de outra forma, não era a recusa, pelo contrário, era a aceitação total do mundo. A aceitação do espaço que o mundo lhe destinara, a vida feita para chupar balas doces, ouvir música e esperar para viver tudo o que muda no mundo a cada instante. Um jogo doido de mil dados permanentemente jogados a esmo, exibindo números a cada instante diferentes. Era preciso agilidade para aderir a cada número sorteado ao azar. Então a vida era parte desse jogo e seria divertido, não fosse o peso do azar. Gabriel, em sua imobilidade, perguntou muitas vezes à mãe se viver era divertido. A mãe respondia com um brevíssimo sorriso, ocupada em não queimar as mãos na brasa. Segundo Gabriel, antes de herdarem o casarão da família, viviam em uma casa pequena e pobre numa rua de terra. Ali em frente, o grande estacionamento de carros usados, a fortuna duvidosa da família mais poderosa da Vila. Os mesmos que financiavam o Cabo Davino. Os mesmos que depois se livraram dele com a ajuda de outro pistoleiro. Agora, quem sabe, prefeririam o soldado que Lisabete trouxera para dentro de sua casa, tendo a filha como brinde. Por que é que eles eram poderosos, Gabriel não podia saber. Minha mãe, dizia ele, era discreta no leito pastoso e mudo, o desejo de sair do pântano, da miséria. E me ordenava que cortasse o fio dessas perguntas. Sempre houve pessoas e famílias poderosas, esse é um outro abismo, meu filho. Mais escuro ainda. Eles, os poderosos, habitariam em outro estado da matéria. Em uma dimensão desconhecida do próprio mundo. E de lá criariam seus dissimulados exércitos que nada mais seriam que suas extensões para que nos preocupássemos com eles. E assim perdêssemos tempo lutando contra fantasmas e medos. Ou lançariam contra nós pequenos e serviçais demônios que assumiriam formas tão distintas quanto a de um policial, um padre, um político, um ladrão. O mundo conspira, mas contra si próprio, disse Lisabete para Gabriel. O mundo é um buraco profundo. Um oco escuro onde a verdade é uma fantasmagoria. Gabriel ouvia em silêncio, percebia que os lábios finos de Lisabete dialogavam com suas falas. Não se negavam a expressar alguma ironia. A ironia é uma das filhas diletas de um mundo que se nega e se torna inimigo de si próprio. Uma nuvem escura de incompreensões.

Buraco, oco, fundo, escuro. Avesso a qualquer significado. Significado é a forma que a ele se propõe, como indução ou imposição vinda de fora. Seriam ordens de quem não está absolutamente em condição de sequer sugerir. E muito menos impor qualquer coisa. Seria como falar para paredes. Minha mãe era sábia, dizia Gabriel. Sabia que lutar seria lutar contra inimigos muito mais poderosos do que o poder que sua imaginação pudesse criar. Muitos mistérios cercavam a morte do pai. A rápida onda de boatos incriminava sua mãe. No entanto havia uma outra história, o interesse dos poderosos por aquele terreno do casarão. Derrubariam o casarão antigo e fariam dali um novo pátio, um desmanche de carros. Meu pai era contra a venda, afirmava Gabriel. Morto o pai, Lisabete se tornou o próximo alvo. Resistiu e ali estava, de posse do casarão, herança familiar. Ela sempre foi valente. Gabriel falava e eu a olhava, em seu nicho do espaço vazio, quando trazia o halo envolto no pescoço como um cachecol luminoso. Era difícil entender a mãe de Gabriel, o gosto pelo passado, pelo ferro em brasa. Teria ela também, pessoalmente, o eterno brilho de brasa do ferro de passar roupa? Gabriel poetizava sobre a mãe, aquele gosto estranho pelo passado. O ferro deslizava pelo tecido com especial deleite, dizia ele. Há tão pouca roupa, no entanto minha mãe vive ali, nesse afazer que nada é a não ser nada a fazer, nada a passar. Algodõezinhos leves, toda roupa é assim, o algodãozinho fino que me veste, veste minha irmã Luciana e veste também minha mãe. Passar roupa é uma obrigação da eternidade. O mundo seria assim, com seus ocos escuros e seus panos lisos por onde deslizar a brasa, as verdades incandescentes. Os mares bravios por onde navegar, ares indômitos por onde voar. Ainda é bonita minha mãe, os lábios finos talvez por terem sido apertados em toda a sua vida, evitando a liberdade de palavras daninhas. E os olhos, claros e dissimulados, que pareciam mudar de cor a cada instante. Gabriel não se emocionava ao dizer coisas tão amorosas de sua mãe. Era como um relato que, para ser preciso, necessitasse desse tom intimista, verdadeiro. Lisabete, no entanto, guardava sua ira para quem quer que pudesse representar uma ameaça. Para quem quer que questionasse sua autoridade sobre sua casa e seus filhos. Ai de Gabriel ou da irmã se fizessem coisas erradas acreditando na distração daquele olhar. As imagens partiriam de onde partissem e navegariam naquelas incertezas e curvaturas necessárias para chegarem feito delatores àqueles olhos brilhantes e belos. Sim, mãe, eu não ia jogar o remédio fora. Não, mãe, eu não bati no gato. Não, não, não. Minha mãe é assim, confirmava Gabriel. Aqueles olhos que sempre me perseguiram. Eram belos também os de Luciana, mas o que aquele homem queria dela? Aquele sorrisinho de vitória, encarando-me sem medo. Eu, preso à minha cadeira, ganhei esse medo de seu olhar e de seu miserável sorriso. Minha mãe, no entanto, acredita mais nele. O homem nos protegerá, diz ela. E está de acordo com o gosto de Luciana. As palavras de Gabriel me deixavam tocado, a emoção brotando do poço de raiva. Eu não podia negar um certo interesse por Luciana. Um interesse que eu ocultava de mim mesmo pelo temor de mais uma decepção amorosa. E que eu reprimira desde que vi aquele soldado maldito saindo com ela uma, duas, muitas vezes. Se eu pudesse, daria um jeito nele. Não sei se Gabriel me compreenderia. Eu seria, para ele, uma espécie de Davino redivivo, vingador.

Mães

* * *

Real mesmo só esse ódio que eu via crescer em mim.
Uma zona escura, território de vinganças que eu desconhecia

A materialidade do mundo é um grande incômodo. Melhor seria se tudo não passasse de ilusão. O carro nas ruas, a maçã, a poeira, a escuridão. Gabriel, sua mãe, o soldado, Luciana. E Isabel, com sua irreal cicatriz marcando seu rosto. Assim o mundo seria apenas um jogo. Um caudal de ilusões, dívidas, mentiras, medo. Medo dessa fantasmagoria insana e daquele sorriso do amante da irmã de Gabriel. A vida se constrói também ao sabor dessas sensações. O prazer da água do primeiro banho, o primeiro refrigerante, o dinheiro, o doce. O toque de minhas mãos nas delicadas mãos de minha mãe, o olhar de minha primeira namorada, as sensações do dia e da hora. O calor, o frio, a fome, a guerra, a morte. A vida seria então um nada, tal como o passado. E o futuro, que também não existe. Ou não seria futuro, porvir. Real mesmo seriam a solidez da pedra, o peso da montanha, a água da chuva, o raio que mata, o fogo que queima nossa pele. Eram coisas em que eu pensava no modo ensimesmado com que cercava o arroz e o feijão em meu prato. Real mesmo só esse ódio que eu via agora crescer em mim. Uma zona escura, território de vinganças que eu desconhecia. Um enigma me desconcertando e dominando. A cada dia o horror impregnava mais a minha solidão. Guardei como um testemunho de fé a confissão de Gabriel feita num dia de mais raiva. O ódio daquele sorrisinho confiante de vitória quando o homem deixava sua irmã em casa. De onde viriam? Era então um saber de escuridão e eu me esquecia de Gabriel e me lembrava de minha mãe. Minha mãe falava sempre dos perigos do mundo, da escuridão, do ermo onde as verdades pagavam seus pecados. Que eram tantos, segundo ela, principalmente a soberba. Cuidado com o desconhecido, meu filho, não vá lá. Fuja da escuridão, da pergunta incômoda, da incerteza. A verdade vigente é aquela que aprendemos sob o látego, desde nossos ancestrais. A escuridão, aquela noite que vara os dias feito nuvens de perguntas sem respostas. E respostas perigosas procurando as perguntas e os perguntadores. Não se deixe encontrar, dizia ela. O melhor mesmo é não ser buscado, apontado, perseguido. Fuja desse abismo. A inteligência serve melhor à vida. A fuga no clarão infinito por onde navegam as certezas, feito nuvens de fumaça. Verdades sempre foram castigadas, por todos os tempos e todos os instantes, as horas, os dias, os anos, os séculos e os incontáveis milênios. Desde quando os homens ainda não sabiam contar. Mas são elas que ficam. Guarde-as sempre para si. Cuidado com certas verdades suspeitas, usadas por quem pode. Há pessoas que mais se assemelham a entidades demoníacas. Usam antigas togas, acendem tochas, vestem-se com as peles da soberba e da maldade. Gritam aos surdos para que ouçam o que o vento lhes diz da vida. Clama aos cegos para que vejam o que dizem ser verdade. Zombam. Mas todo sofrimento passa, todo mistério se esclarecerá. A verdade retornará, vitoriosa. Ao contrário das mentiras! Ao contrário dessas velhacas, cujo papel é desmontar discursos, quebrar lógicas, desfazer a dialética das coisas e dos homens. E até dos deuses. A mentira. Percebo agora quanto de medo trazia aquele olhar severo de outra mãe, a mãe de Gabriel. A recomendação expressa de não mergulhar na escuridão atrás da verdade. A verdade, dizia Lisabete, é uma moça muito branca, tão branca que precisa evitar o excesso de sol e de escuridão. Sob o sol, se queima. Na escuridão, esmaece, perde o vigor. Tão frágil que desperta a piedade. Atendida por essa outra senhora, a Piedade, a Verdade se desfaz em breve nuvem, incapaz de assustar um coelho. Ou de fazer cantar o velho galo de minha avó. Ah, ele também se chamava Chantecler, sabedoria de minha avó. Chantecler, aquele que sem ter cantado vê que o sol havia despertado como em todos os dias. A inútil verdade. Sim, o medo se instalara no olhar da mãe de Gabriel. Falei sobre isso a ele. Ele me encarou sem respostas, o olhar fixo que me incomodava e questionava. Perguntou sobre minha mãe, como era, qual o nome. Menti para ele, Carolina. Não queria as lembranças de uma mãe real no abismo em que eu sabia estar mergulhando. Gabriel sorriu, comparou com sua mãe. Ela jamais tentou me convencer, disse ele, isso não daria certo. Ela simplesmente ordena. Não desperdiçaria uma nesga de seu tempo numa empreitada sem resultados, num tiro sem alvo, num "não" sem direção e sem futuro, num nada. As ideias e as vozes emitidas em direção a esse vazio se perdem para sempre, cavalgando raios de luz rumo à escuridão do mundo. Sem nunca iluminá-lo. Ela também fala muito de escuridão, deve ser uma linguagem de mães. Uma forma pela qual veem o mundo, tal como nós dentro delas, antes de nascer. Por mais distintas que sejam as palavras de uma e outra mãe, todas são unidas por esse dever de apontar o caminho para os filhos. Evitar que suas próprias tragédias e suas fragilidades obstruíssem o bom caminho que eles deveriam seguir. Eu disse isso a Gabriel e ele desviou seu olhar para o chão. Eu me espantava com a frieza aparente com que Gabriel contava suas tristes histórias. Sua imaginação fervilhava, como um delírio de febre. Tão jovem! Naquele dia eu o deixei abruptamente. Não queria que ele visse o mar em meus olhos emocionados por me lembrar de minha mãe. E pensar em tudo o que ela dizia, como uma visão de meu próprio futuro. Em tudo o que ela apostava de bom para seus filhos. De perceber agora como eu havia me perdido nessa vida. Eu não queria isso, a emoção me enfraquecia. De onde eu tirava tais lembranças? A pergunta me partia ao meio, como um raio. De onde? Apressei os passos para sair de nossa Vila, buscando um ermo qualquer naquele fim de mundo. Já não sei se falava para minha mãe ou para a mãe de Gabriel. Ah sim, mãe, vivemos numa enorme escuridão! Tem escuridão em meus olhos, em meus sonhos. Tem abismos sem fim, tem perigos que nunca ouço, que nunca vejo. Tem ameaças não sei de quem, desafios nunca ditos, mistérios nunca desvendados, segredos nunca revelados. E nessa solidão, gritos sem gritadores, choros nunca chorados, correrias não motivadas. Tiros, tiros. Tem maldições nunca pronunciadas, sofrimentos e lamúrias por todo lado, perguntas. Ah, tantas perguntas, tantas perguntas sem respostas e sem guaridas. Tantos olhares, ora pedintes, ora ameaças ora labirintos. Tem o lugar onde eu me perco e onde sempre me encontro para os novos sonhos. E tem o terrível, tem o abominável, o íngreme jamais escalado. O apelo de quem já foi, o medo de quem sempre fica.

As primeiras perseguições

* * *

Perseguir, sem que o perseguido perceba, é uma arte

Perseguir pessoas foi uma diversão que descobri morando em nossa Vila. Talvez fruto de minha solidão. O desejo de saber o que fazem as pessoas em suas vidas, por onde andam, como vivem em suas intimidades. Uma curiosidade mórbida, a dificuldade de entender o que é viver. Perseguir, sem que o perseguido perceba, é uma arte. Pois aí está a dificuldade e o prazer das perseguições. Escolhe-se uma pessoa na rua e, disfarçadamente, começa-se a acompanhá-la, seguindo todo o seu trajeto. As paradas, os encontros. Comecei perseguindo pessoas aleatoriamente pelas ruas. Quase como um exercício. Descobri assim algum prazer na vida, formulando ou esmagando regras. Algumas vezes, no início, me saí mal. Como se as pessoas percebessem que eu as seguia, como se me questionassem. Nada grave. Aprendi rapidamente o que fazer, olhando-as fixamente como se elas é que me intimidassem. Eu queria entender o que eram as pessoas, o que faziam, com quem se relacionavam. Descobrir alguns de seus mistérios mais íntimos. O mundo era mesmo um mistério para mim e eu já não sabia como desvendá-lo. Assim, perseguir passou a ser um exercício de viver. Quem sabe me ajudaria viver a vida do outro, aquele que, em cada momento, eu perseguia. Depois resolvi seguir moradores de nossa Vila. Pois ali, apesar de vivermos em quartos colados uns nos outros, a privacidade era preservada como um tesouro. Uma defesa. Víamo-nos várias vezes por dia e não nos conhecíamos. No apartamento mais próximo ao portão de saída vivia um senhor de idade. Nem seu nome eu sabia. Acordava muito cedo, trancava sua porta com duas chaves e saía em silêncio. Só voltava ao cair da noite. Curioso, levantei-me um dia mais cedo e esperei que ele saísse. Assim que ele bateu o portão, eu também saí, mantendo uma certa distância, aprimorando esse jogo que eu inventara. O homem inicialmente caminhava rápido e, passados cerca de dez minutos, consultou o relógio. Diminuiu a marcha. Imaginei que ele avaliava o tempo de chegar a algum lugar. Talvez estivesse indo muito cedo. De qualquer maneira quase me surpreendeu, virando repentinamente o rosto para trás. Eu me ocultei a tempo, atrás do tronco vigoroso de uma árvore de rua. Ali me veio a primeira ideia, quem sabe absurda, mas que acabou se firmando em minha compreensão. Uma descoberta sobre perseguir sem ser visto. Os perseguidos percebem que são seguidos, eis a descoberta. E por isso mostram-se sempre incomodados. Isso redobra o cuidado do perseguidor, se não quiser ser descoberto. A todo instante o homem consultava o relógio e mudava o ritmo de sua caminhada. E inesperadamente olhava para trás. Eu aprendi rapidamente a me esconder. Andava sempre atento ao homem, aos seus movimentos. Atento também às possibilidades de me ocultar a qualquer momento. A caminhada pelo bairro me divertia, vendo o bairro despertar em sua simplicidade. Pessoas saindo para o trabalho, miseráveis revirando o lixo pobre dos moradores de periferia, cães vadios, escolares com suas mochilas. Depois de trinta ou quarenta minutos de caminhada, eu já me dava por satisfeito com a primeira experiência. Achava que nada aconteceria de mais interessante. Mas o homem então parou diante de uma casa simples, do tipo de casa construída pelos próprios moradores. O telhado de eternit, os tijolos mal alinhados e expostos, sem pintura. Eu resolvi esperar, chegando o mais perto que pude, atrás de um muro quebrado, do outro lado da rua, num terreno baldio. Nada de mais revelador aconteceu. O homem ainda olhou o relógio e a porta da casa se abriu. Da casa saiu uma mulher ainda jovem, com uma criança de três ou quatro anos. O homem subiu, a mulher disse "a bênção, pai" e algumas outras palavras que não consegui entender. Entregou o menino ao pai e saiu. Estava explicado, o homem passava ali o dia com a criança, enquanto a filha saía para trabalhar. Nada de especial, nada de interessante. Interessante foi, mais uma vez, o prazer de seguir pessoas sem ser visto. E esse prazer me levou a seguir a mulher, até que ela tomasse o ônibus superlotado que a levaria para o centro da cidade. Apesar de tentado a segui-la ainda mais, resolvi voltar. Mas pude ainda ver que a mulher subia pela porta da frente do ônibus. E que beijava o motorista. Eu havia descoberto uma diversão estranha. Uma aventura para minha vida tão insípida e sofrida, desde que me isolei naquele bairro tão distante. Já havia aprendido as primeiras lições desse estranho prazer. Fiz isso depois com outros moradores de nosso bairro. Perseguir pessoas tão próximas de nossa própria vida aumenta o perigo, é claro. Mas o perigo torna a perseguição ainda mais interessante, mais tensa, mais reveladora.

A perseguição à primeira vítima

* * *

Qualquer homem é um homem qualquer

Ele andava como uma pessoa qualquer, cumprimentava amigavelmente quem encontrasse, sorria, acenava, parecia feliz. Parou num bar, eu o observava detrás de um carro estacionado. O homem tinha muitos amigos, bebiam cerveja falando de futebol e mulheres. Ria um riso forçado, dando toques de mão nos amigos mais divertidos. Simulava uma intimidade de que desconfiei. Parecia falsa. É difícil se comportar com naturalidade diante de um homem fardado e armado. Da mesma maneira que é difícil para ele se despojar de todo seu poder e privar-se da profissional desconfiança com que se moldou como soldado. Ele se esforçava, era visível. Mas a todo instante virava o rosto para a rua, media o tempo no relógio de pulso, ansioso por sair. Eu via ali um jogo. O soldado simulando a amizade, os homens simulando uma espalhafatosa intimidade que de fato não existia. No momento em que o soldado saiu, tudo se desfez, como numa farsa. Os homens já não riam e entreolhavam-se sem coragem de dizer, uns aos outros, o que pensavam, o que de fato sentiam diante daquela presença incômoda. Sem olhar para trás, o homem seguiu rua abaixo, com seu passo medido e cuidadoso. Eu o seguia sem ser visto até a casa onde morava. Uma casa simples, com alpendre, a pintura já um pouco envelhecida, já descascada. A casa de sua verdadeira família, uma mulher e duas crianças. Ele entrou, a mulher o beijava enquanto as crianças pulavam, cada uma tentando garantir o colo para si. Uma cena familiar, como outra qualquer. Depois ele saiu de novo. E aí já parecia outro, certificando-se de que ninguém o observava, virando o rosto tenso de um lado e de outro. Eu me mantinha escondido atrás de um muro, era apavorante o risco de ser descoberto. A partir dali eu percebi que eu caminhara além da curiosidade. Senti que passara a odiá-lo. Um nódulo de crueldade que crescia descontroladamente em meu peito. Eu não podia dominá-lo. Teria que aprender a viver sob seu comando. O soldado desceu mais duas quadras, sempre verificando se não era seguido, olhando nervosamente para todos os lados. Não sei se sentia que estava sendo seguido. O instinto. Ele agora era um animal terrível, pronto para se defender. Eventualmente para atacar. Parou diante de uma pequena casa com ar de abandonada, a pintura totalmente descascada, o portão amarrado com uma corda. Entrou. Eu fui até à porta, onde pude observá-lo por uma fresta da madeira envelhecida e seca. Lá dentro, uma cama, flores, bebidas. E um retrato dele com uma mulher. Não consegui ver quem era. Maldito.

A estranheza do ódio

* * *

Eu já não era dono absoluto de minha própria vida. Na verdade, ser dono é um sentimento que jamais pude ter. Dono de quê?

Encarar-me diante do espelho tornou-se um desafio desconfortável, naquele dia. Eu me enganava ou o espelho teimava em exibir um outro rosto meu, e não aquele que eu imaginava, tomado pelo desentendimento. Um outro rosto, surpreso e impotente diante do crescimento do mal em meu peito. Dizem que o mal não tem imagem refletida. Talvez seja por isso, a imagem incômoda, questionadora. Tive ímpetos de quebrar o espelho. Contive-me a tempo percebendo que quebraria apenas um vidro espelhado. Ao mesmo tempo me agarrei à moldura, segurando-a firmemente com as duas mãos. Eu não sabia quem, de fato, eu queria ser. Se o que eu pensava ser ou aquela imagem ingênua que o brilho do vidro teimava em expor. O que faz o condenado diante da impossibilidade da vida? O que faz o animal diante do brilho da faca? O que faz a presa abocanhada pelo predador? O que faz o perdido diante de mil caminhos possíveis? O que faz o faminto diante de um prato carregado de veneno? O que faz o paraquedista quando falha seu paraquedas? O que faz a vida diante do perigo? Estranhamente vi que o rosto refletido lentamente se transformava. Finalmente eu me via ali. Não como uma imagem idílica, romântica, infantil, o espelho me oferecia a imagem do que eu seria, a partir daquele momento. Apenas o olhar sugeria dúvidas que logo se apagariam. Deixei o espelho e me joguei sobre a cama ainda desarrumada. Eu já não era dono absoluto de meu próprio ser ou de que matéria eu teria sido concebido. Percebi que tinha uma outra vida. E que não tinha forças para mudar o caminho que eu mesmo havia traçado. E de quem eu me tornava escravo. Ser dono é um sentimento que jamais pude ter. Dono de quê?

Falar e escrever

***

*A metáfora apresenta uma história que na verdade não
vale para si mesma, mas sim para outra história*

Seu Manuel, do bar da esquina, se intrigava com minha mania de
escrever. Eu percebia seu olhar disfarçado procurando ler o que
eu escrevia nos guardanapos. Claro, eu não deixava, dobrava-os
e os guardava no bolso da camisa. A história que eu relatava não
era para ser lida por aquele falastrão. A idiotice se alastrou em
demasia por essas terras férteis que os portugueses nunca souberam explorar. O paraíso nos idiotizou. E nos encantamos com
o reino das facilidades. Ninguém deve ler o que estou narrando.
É minha vida. Nada do que escrevo é pura imaginação. Mas Seu
Manuel insistia. O senhor é escritor? Eu? Nada que seja para
ser lido, são coisas de minha cabeça, abismos. Abismos? O homem me olhava com desconfiança. Mas poderia... tem muito
tempo disponível. Para escrever é melhor não ter tempo algum,
disse eu. Como assim? Era uma saída para mim, falar de literatura. O tempo da escrita deve empurrar para fora da vida outros
tempos de maior importância, aqueles que mais nos incomodam. O princípio segundo o qual dois corpos não ocupam o
mesmo lugar no espaço. Seu Manuel parecia gostar. Mas não
desistia de suas desconfianças. Aqui às vezes ocupam, provocou

ele. Montes de mortos pelas esquinas. É uma forma de dizer, uma metáfora, corrigi eu. Nada a ver com os corpos. A metáfora apresenta uma história que na verdade não vale para si mesma, mas sim para outra história. Nada a ver. Uma dissimulação, quis saber ele. Sim, porque de certa forma expõe uma ideia oculta. Seu Manuel exibiu seu sarcasmo. Como faziam por aqui, ocultando cadáveres, disse ele. Faziam, assim no passado? É melhor que seja assim, no passado, disse ele. Não é o que eu penso. O homem agora parecia mais amigo. Melhor que não se meta nessas histórias, rapaz. Histórias são as que escrevo, respondi. Isso é uma ironia? Você perde tempo com um pobre pensador, eu só escrevo histórias. Pobre talvez, mas pensador estamos vendo que sim. Correm muitas outras histórias por aqui, insinuou ele. Palavras? Fatos. É o lazer de muita gente. E muita gente debaixo da terra. Nem sempre os enterram, provoquei. Eu me lembrava da história do assassinato de menores de rua, contada no livro de Gabriel. O Cabo Davino, de novo. E os meninos mortos ficavam na rua, ninguém se atrevia a retirá-los. Os corpos miúdos iam inchando, como se finalmente crescessem. Seu Manuel não gostou, ele também não teve coragem de tirar aqueles corpos das ruas. Então é verdade? Se eu fosse um desses pistoleiros faria como o Cabo Davino, provoquei, surpreso com minha própria ousadia. O abismo do Vela Acesa. Imagens fortes, inesquecíveis, os corpos voando espaço abaixo, ainda vivos, como me relatara Gabriel. Não diga isso, fale baixo, recomendou Seu Manuel. Você viu isso? Várias vezes, menti. Meu Deus, isso não é possível. Acredite, cheguei a ver o Cabo jogando suas últimas vítimas, antes de ser, ele mesmo, justiçado. Viu como? Escondido. Eu tinha muita curiosidade. Mas você nem é daqui, rapaz. A fama de

– 78 –

Davino corria a cidade, eu vim conhecer, assegurei. O homem não parecia acreditar, olhava-me desconfiado. Isso é loucura, já faz tanto tempo. Só pode ser mais uma história sua. Você não sabe o que é o tempo, respondi. O tempo dá voltas em torno de nosso corpo, enrola-se em nossa vida. Tudo está antes e depois de nós, impregnando nosso cotidiano, posso garantir que vivi essa história do justiceiro Davino. Eu não acredito em você, isso tudo é um absurdo, retrucou Seu Manuel. Você deve ter ouvido falar. Sua imaginação é pequena, Seu Manuel. Voa baixo. O Cabo Davino ainda está entre nós. Nós somos seus apóstolos, os que devem seguir seu maldito caminho. O mundo é assim. Não se espanta com o que está dizendo? Na verdade, eu gosto. Estar ali com o Cabo era um brinquedo acima de todos os outros, era brincar com a morte. Já não sei em que acreditar. Mentira ou verdade, que ninguém saiba disso, meu amigo. Pense no silêncio de uma cela, o resto da vida confinado. Era um diálogo de desconfianças. Eu mesmo me atormentava com minhas palavras, tantas certezas, ousadias, mentiras. Não estarei sozinho, os assassinos caminham pela vida com suas vítimas. A Vila do Cabo..., murmurou Seu Manuel, o tom reservado e soturno. O próprio Cabo Davino construiu aquela Vila, confidenciou. Eu segui suas palavras, dando ao que eu dizia o tom reverso, o de certezas e de coragem, demonstrando que eu sabia mais do que ele sobre Davino. Davino deu a cada uma das casas a feição de uma de suas vítimas. Assim podia viver em paz com aqueles espíritos. O homem parecia assustado com minhas revelações. A Vila, à beira do córrego Vela Acesa, disse ele, ainda dá medo. Era assim que ele apaziguava os espíritos de suas vítimas, insisti. Na verdade, para ele aquelas pessoas ainda não estavam mortas.

Há uma espécie teimosa de vida persistente, inesperada, expressão da própria morte. Só o assassino tem acesso a esse instante. O Cabo falava muito sobre esse incômodo mistério. A inexplicável teimosia em conservar vivos aqueles que ele matava. Seu Manuel não se conformava. Ele não te dizia nada, você insiste nessa fantasia terrível. Para alguns é mesmo terrível, como um pesadelo sem fim, asseverei. Mas para outros, um espetáculo, como um filme ruim, de terror. A Vila do Cabo ainda está ali, beirando o córrego, como uma sala de horror. E está em nós. Sem o Cabo, aqueles espíritos se sentem órfãos, abandonados, esquecidos. Por isso assustam a sociedade com suas misérias e injustiças. Os mortos estão em tudo, em nossas roupas, em nosso olhar, em nosso medo, em nossa falta de esperança. Convivemos com eles. É assustador..., murmurou o homem. Não para mim, respondi. Pior para quem se ilude, os que acham que eles não existem. Acha que o Cabo...? Sim, deveria estar vivo, terminar o seu serviço. Só assim a humanidade poderia ter noção do que é o inferno. Meu Deus, sussurrou o homem, amedrontado com minha insensatez.

Reflexões na solidão de meu quarto

* * *

O amor havia sido desterrado pelo ódio e esse
ódio agora estava também em mim

Tenho meu rosto apoiado sobre a tampa do notebook. Acabei de fechá-lo, depois de receber mensagens insinuantes de duas garotas. E um post maldoso sobre o gestual gay do namorado de uma delas. Nada disso me diverte. Sinto ainda o peso de minhas falsas revelações ao dono da padaria. Incomoda-me perceber que eu falara compulsivamente, parecendo querer convencer a mim mesmo de toda aquela história. E de como aquela violência alimentava minha vida de um vigor inusitado e incômodo. Confesso que temo pelo meu destino. Temo pelo caminho que minha vida vai trilhando. Esse inexplicável fascínio por outros tempos, a atração por histórias vividas por outras pessoas, o passado tenebroso que cobria essas vidas como um manto de carne viva. Uma nostalgia estranha por um tempo que não era o meu e que me aprisionava, deslocando-me de meu próprio tempo. Vivo esse temor em minha absoluta solidão. Se me confessasse, se contasse isso para um amigo... Mesmo assim comento as duas mensagens recebidas em minha página. Provocam-me. Vocês são todos uns idiotas, respondo. Isso já deixou de ser uma diversão em minha vida. Mas uma diversão sem futuro, estúpida, cheia de kkkkkkkkkk, carinhas com sorrisos, filhotes de animais, mulheres angelicais, selfies que já me dão nojo. O que há com essa juventude que inunda minha página com tanta bobagem? Eu poderia sim inverter, perguntar o que há comigo. Mas que perguntem, então! Ah, mas aí o mundo silencia. Falta coragem, falta interesse. Pressinto que caminhamos para um abismo.

Homens medíocres cavam abismos imensos onde suas poucas ideias se perdem na escuridão feito morcegos em busca de explicação para suas cegueiras. Quanto aos homens sábios, por mais que cavem, cavam pequenos abismos, já que tudo o que tiram teima em voltar. Só o tempo, só o tempo... *

Essa é uma ideia que vem de minhas conversas com Gabriel. Para ele, abismo é a própria vida. Vou escrever, depois, sobre isso, o abismo, me disse ele. Tinha fascínio por essa ideia. A vida seria como um imenso abismo, onde tudo despenca e salta para o vazio. Sem volta. O mundo conspira contra si próprio, repetia ele. Trama como um ser inteligente, carregado de vontades, idiossincrasias, raivas, desejos de amor e de vingança. Conspira contra si mesmo. Ou não seria mundo, seria um morto. Um mundo morto. Suas ideias me incomodavam mais porque eu me sentia impotente diante daquele desespero exposto como razão. Sentia-me incapaz de contestar o que Gabriel dizia. Incomodado ao perceber que eu também pensava daquela forma. Em meus pensamentos parecia faltar amor ao mundo. O amor havia sido desterrado pelo ódio. E esse ódio agora estava também em mim. Não, o mundo não está morto, ou não conspiraria contra si mesmo, repetia Gabriel. É, sim, injusto. E prosseguiu seu discurso perturbador. Desde que o mundo é mundo que é injusto. Se fosse justo não seria mundo. Desde que o mundo ainda era nada, nem poeira, já era injusto, pois tem na sua origem o dom de a tudo contradizer, fazer surgir o que lhe dá na telha. Destruir o que quiser e a qualquer hora. Nada mudou, desde que se tornou mundo, nascido do nada. O prazer de agredir, de ofender, de maltratar, de contradizer, de confundir. São essas as forças maiores que orientaram a formação do mundo. E que seguem orientando, já que o mundo não nasceu. Não acabou de nascer. Um parto imenso que não se sabe como começou nem quando terminará. Suspeita-se que nunca. O mundo prefere assim, esse estado de lava, de larva. E o eterno conflito entre ser e não ser. Por isso se apresenta assim para nós, como coisa inacabada, muitas vezes grosseira, improvisada. Ao mesmo tempo atraente e fatal. Mesmo que a forma e o mistério sejam tentadores ou mesmo encantadores. Vivemos nesse parto imenso e essencialmente demorado para que do início de tudo ninguém guarde qualquer lembrança. Ninguém e nada. Assim o mundo alimenta seu eterno desejo de não-ser-sendo, de ser-não-sendo. Inalcançável a quem o odeia e também aos incautos ou idiotas que o amam. Uns contra os outros, o prazer enorme em destruir e reconstruir. Deixa para trás o que passou, com bocas, mãos, pedidos, choros, amores, tudo. Incluindo aqui preces, desejos, escritores, cineastas, filósofos, pintores, músicos, poetas, vagabundos. Tudo o que se mexe e toda a imaginação humana. E as cores. Até mesmo os sentimentos, filhos dessa natureza conflitada e impura. As alegrias, as tristezas. Até mesmo a indignação. Em tudo isso, dizia Gabriel, o prazer de jogar uns contra os outros. De nos fazer viver na ignorância de suas leis enquanto nos digladiamos feito feras e brincamos fatuamente de amor. Amor, signo da luta do corpo aprisionado e da alma em busca do outro. O desespero da multiplicidade em busca da unidade que nem perdida foi. Se algum dia existiu, jamais se realizou. Somos todos um só. Mas o mundo nos faz viver como se fôssemos muitos. A divisão eterna da qual não há como se cansar, pois assim foi concebida. Ou assim surgiu, do nada, como tudo que surgiu. Gabriel falava assim, o olhar perdido em alguma paisagem interior. Sem reação, sem movimentos. Parecia colado à cadeira de rodas. Eu me revolto, disse ele, por qualquer motivo me revolto. E mesmo sem motivo eu me revolto! Gabriel é um jovem filósofo, incapaz de narrar suas histórias sem alguma reflexão. Mesmo que o fizesse em sua linguagem de juventude, muito carregada de gírias. Eu não teria aqui a paciência, nem a memória daquele linguajar, nem suas perplexidades juvenis. Por isso transcrevo aqui a meu modo, eventualmente carregando suas revelações e pensamentos com minha própria forma de pensar e escrever. É ele que narra agora sua aventura e suas desventuras. Paraplégico, preso a uma cadeira de rodas, observa o mundo sem mudar de lugar. E sem mudar de opinião. Conta sua história como se revelasse um segredo. Num dia caí da escada à entrada de nossa pobre casa. Quebrei o braço. Não sei dizer se nas outras casas, ricas ou pobres, se constroem escadas perigosas como a nossa. É uma reles escada que nos transporta para um pedacinho de nosso inferno e de nosso abismo. Toda casa é como o mundo, com seus escuros e seus abismos. Suas lógicas e seus absurdos e perigos. Suas paredes concretas e outras apenas reais. A imaginação constrói mais muros e paredes do que qualquer guerra, qualquer temor. O primeiro desastre é sempre como a isca. Dizem que uma coisa puxa a outra. Dinheiro atrai dinheiro, fome recria fome, sorriso alimenta sorriso, carne recria carne, ódio alimenta ódio. Um tombo se completa no tombo seguinte. Sim, tudo se recicla. Tudo volta para mostrar que não morre ou que ainda não morreu. Que é impossível se livrar desse viés revoltante do tempo, senhor das quedas e das repetições. Ah, o medo de andar em círculos! Eu sempre tive medo de me perder nessas ruelas de nosso bairro. Alguns desses estreitos corredores não dão em nada. E quando menos se espera, eis-nos de novo no ponto de partida. O círculo. Entra-se num ponto qualquer e o círculo o leva para você mesmo, no mesmo ponto que então será de novo o começo. A vida às vezes é assim, obriga-nos a sofrer a mesma dor por diversas vezes. Ver de novo o que queremos esquecer, a ouvir o som que queremos sufocar. Como um filme, eternizando nossos dilemas e sofrimentos. Maldito círculo. Vivemos cercados desse perigo. Já não basta viver o que já vivemos? Viver tudo de novo, qual a graça? O círculo é a falta de saída, invenção humana. Quando alguma força tenta impor essa ideia autoritária, outras forças se rebelam. O projeto de círculo se deforma, foge à ideia original, alonga-se de um lado e de outro, distanciando-se da prisão, ameaçando escapar. Quem é que gosta de uma prisão? Já não basta estar aqui, nessa outra figura geométrica opressiva, o quadrado fácil que vem das cabeças de engenheiros e de policiais? Quem reprime gosta dessas formas muito certas. Quatro cantos, círculos. Sim, o universo conspira contra si mesmo. Num outro dia, ainda próximo do primeiro tombo na escada, escorreguei num pedaço de sabão. Eis o corte em minha cabeça plena de teimosias. E a quebra de uma vértebra. Era injusto, pensava. Injusto. Como explicar uma sequência assim de desastres, injustiças?

Minha mãe, Lisabete, insistia que eu não buscasse explicações mergulhado num poço de mágoas. Ou na raiva. Como fazer isso? O mundo conspira, sim, mas não exatamente contra uma pessoa determinada, dizia ela. Não. O mundo conspira contra si próprio. E repetia, para que não houvesse dúvida alguma sobre suas palavras: o mundo conspira contra si próprio. Eu escutava de má vontade. Ora, que conspirasse o mundo contra si mesmo. Então caísse ele escada abaixo. Em seguida escorregasse no pedaço de sabão desleixadamente esquecido no chão em que eu acabaria pisando. Eu me recuso a viver nesse mundo, murmurou cabisbaixo, como se agora falasse não para mim, mas para si mesmo. Deixo aqui o testemunho de Gabriel para revelar meu espanto com a estranha coragem daquele rapaz. Eu me recuso a viver, prefiro vegetar em minha conturbada quietude. Que frase, para uma pessoa mal saída de sua adolescência. Eu também poderia dizer que olho enojado para todos os que andam sobre esse pântano com seus sapatos de salto alto ou engraxados, alheios a tudo. Durante toda minha vida venho planejando uma saída. Não havia encontrado essa estrada até conhecer Gabriel. Não sei bem se é, verdadeiramente, uma saída. E não importa a gravidade do que penso fazer.

Pouco importa.

Em poucos dias, numa sexta-feira, tudo estará terminado.

Perguntas são sempre tolas

* * *

*Matar é a diversão maior, nada se equipara a
esse prazer que nos iguala aos deuses*

Se me prenderem, devo estar preparado para as perguntas. Sei muito bem o que vão dizer, o que vão querer saber. Sei como tentarão me envolver, me enganar, na esperança de que eu mesmo me traia. Assim tudo ficaria mais fácil para eles. Penso sempre no Cabo Davino, vivendo essas situações. Quantas vezes foi detido, preso, interrogado. O Cabo era frio, sem emoção, respondendo a tudo como um profissional. Era preciso prestar bem atenção ao que perguntavam. Há de se ter o cuidado de só responder ao significado literal da pergunta. Se perguntassem você matou?, a resposta seria "não", já que o que matou foi a queda no abismo do Vela Acesa. As vítimas eram jogadas vivas. Antes de ser preso é preciso imaginar as perguntas. As armadilhas. As surpresas. É preciso saber um pouco das leis e suas brechas. Eu me trancava no quarto e treinava, diante de meu espelho. Era difícil, faltava-me mais vivência, experiência da vida. Como não havia fotos no livro, andei pesquisando nos jornais. Quase nada existe sobre ele, seu rosto. O Cabo parecia sempre ocultar o rosto. Sempre atrás de alguém ou protegido pela sombra. Acusavam-no de assassinar dezenas de pessoas no bairro do córrego

Vela Acesa. Marginais, miseráveis, adversários ou quem quer que incomodasse os poderosos do bairro. Era o braço mercenário das vinganças. Impiedoso, carregava as vítimas para a beira do precipício. Eu posso imaginar seu esforço, o sangue dos condenados, seus gemidos. Depois o grito sem fim, o corpo jogado no abismo se despedindo de sua alma. Eu não quero julgá-lo. Eu queria ter aquela força, aquela convicção que lhe dava tanta energia, tanto poder. Entre as páginas do livro, encontrei uma rara foto de seu rosto, guardada ali por Gabriel. Apesar de protegido pelas mãos, o olhar de Davino escapava entre os dedos para serem registrados para sempre. O brilho terrível de seu espírito maligno. Registrei essa foto em meu celular e a recoloquei entre as páginas do livro de Gabriel. Aquele olhar da foto transmite uma força sem limites, aterrorizadora, que tanto me seduz quanto incomoda. Dá para entender o fascínio de Gabriel por aquele mito terrível, suposto assassino de seu pai. Sinto-me bem, andando com essa imagem no bolso, arquivada em meu celular. Para viver é preciso ser forte, saber se defender. É o que repetia Davino, segundo anotações do livro. Somos pouco menos do que inimigos uns dos outros. As amizades caminham até o primeiro choque de desejos e visões do mundo. Vivemos, sim, um mar de interesses que se entrechocam numa guerra surda e dissimulada. Por isso a humanidade precisa tanto de seus gênios, seus santos. Eles fazem por nós tudo o que não podemos fazer, tomados por nossas individualidades.

Eu me sinto perdido, nem santo, nem gênio. Dependo deles e não os tenho.

Posso ter Davino, quem sabe?

A morte no espelho

* * *

*Não se pode viver nesse mundo sem um
protetor, um Cabo Davino amigo*

Numa das tantas vezes em que usei minha imagem no espelho para refletir sobre os mistérios da vida, percebi que a imagem ia se tornando estranha. Algum outro rosto procurava ocupar meu lugar no espelho. A imagem se contorcia, como uma nuvem de fumaça sobre o fogo. Eu podia imaginar que ouvia gemidos. Uma figura humana foi se formando, num processo doloroso de deformações e buscas. Até que finalmente se estampou o rosto de um homem. Eu o reconheci. Davino. Não me surpreendi. Na verdade, eu me sentia responsável pelo surgimento desse espectro tenebroso. Era como se eu o tivesse chamado. Davino era a imagem de um homem comum, tranquilo. O olhar doce, um breve e descontraído sorriso, a barba por fazer. Fiquei ali um tempo, prisioneiro daquela visão assustadora. Até que ele ergueu suas duas mãos, dirigindo-as para mim enquanto as esfregava, uma envolvendo a outra, como se dentro guardassem algum segredo. Depois abria as mãos para mostrar que estavam vazias. Eu vim ajudá-lo, disse ele, feliz com minha perturbação. Ajudar? Sim, ajudar. Se você vai mesmo fazer o que pensa, precisará de ajuda. Não uma ajuda para agir, mas para se defender. Quem será meu inimigo?, perguntei, saindo de meu torpor. Muitos. E o risco será grande. É preciso se preparar para o que vai acontecer. O que pode acontecer? A prisão, eles vão encontrá-lo. E então você precisará se preparar, saber o que dizer nos interrogatórios. Eu examinava as feições do Cabo, comparando o que via com a foto que guardo no celular. Tentava ver ali a dureza com que era sempre descrito por todos os que o conheceram. Menos por Gabriel, que via nele um certo fatalismo, saber que sua vida terminaria como a de suas vítimas. Agora ele se preocupava com minha vida. Era estranho. De início eu não sabia como me comportar. O Cabo sorriu, um sorriso carregado de dor e descrédito. Um grande esforço que deformava seu rosto, alargando-o numa ameaça de ruptura, nos estreitos limites de meu espelho. Você tem que se preparar, disse ele. Como? Faça perguntas, todas as perguntas que você ainda não sabe responder. Imagine-se preso, sendo interrogado! Eu perguntava, e o Cabo respondia por mim. Um ensaio. Seja rápido, eu tenho pouco tempo. Davino? Não está me vendo? Vamos lá, quantos anos tem ela? Ela? Você sabe muito bem, Luciana, a irmã de Gabriel. Por que quer saber dela? Não se faça de bobo, eles vão saber de tudo em pouco tempo. Então por que me perguntariam? Diga, ou vai se arrepender, aproveite meu tempo. Diga o que você sabe dela. Alguns anos mais velha do que Gabriel. Talvez vinte e três, vinte e quatro anos. E por que a matou? Quem disse que a matei? Onde está ela? Você deve saber. Eu não sei de nada, que ideia, faça suas perguntas! Se não a matou ainda, é certo que a matará! Vamos devagar, disse eu. Eu preciso pensar. Eu não disse nada, não disse que fiz nada! Assim, na lógica de um interrogatório, eu não fiz nada, não sei de nada. Que lógica? Você pergunta e eu respondo.

Você pergunta, e eu respondo! É essa a lógica! Não grite, estou aqui para ajudar, não é por isso que me chamou? Você não ousaria gritar comigo se eu ainda estivesse vivo. Eu não estou entendendo, eu não o chamei! Naquele dia, o senhor pensou no que ia fazer antes de cometer os crimes? Que crimes? E não me chame de senhor! É o que eles vão fazer, irritar você! O Cabo Davino sorria no espelho, divertindo-se com meu espanto, incentivando-me nos ensaios. Eu me via assim num turbilhão de sentimentos contraditórios, incapaz de entender o que se passava comigo. Mergulhado num transe, num novo espaço, num novo tempo. Nessa dimensão estranha eu era tomado pelo medo. Um medo incomensurável, absurdo. Abandonado à minha própria sorte, incapaz de me defender das ameaças invisíveis. Eu agora entendia o sentimento de Gabriel. A busca de um pai poderoso, capaz de nos proteger. Eu imaginava os homens que estariam me interrogando. Detetives miseráveis a soldo da polícia, mequetrefes incapazes de solucionar qualquer enigma desses que eu resolvo sem pensar. Eles que não ousassem me bater. Teriam que se explicar com o Cabo Davino. E custava nada que um ou outro deles aparecesse morto no fundo do abismo do Vela Acesa. O espectro de Davino se agitava nos limites de meu espelho. Se você pensa que pode enganar seus interrogadores, vou embora, cuide-se sozinho, então! Espera! Espera! Eu tenho o meu tempo! Meus pensamentos não podem ser julgados. Aqui se julgam as ações, não meus pensamentos! Muito bem, meu rapaz, espero mesmo estar ajudando você. Os interrogatórios são sempre estúpidos, sempre iguais. Merecem sempre as mesmas respostas. Mas eles usam outras armas, além da palavra. A tortura? Sim, a tortura. Eu silenciei, e a imagem do Cabo se desfez em meu espelho. Meu espírito mergulhava num nevoeiro sem fim, sacudido pela turbulência de um rodamoinho em fúria. Copio aqui um trecho que li naquele livro, a descrição dos métodos de Davino. As mortes na Vila do Vela Acesa. As pessoas ainda vivas jogadas naquele abismo. E o massacre dos meninos.

(...) As ruas do Vela Acesa amanheciam então marcadas aqui e ali pelos corpos já inchados dos meninos assassinados, com suas roupas gastas e os olhos muito abertos não se sabe se pelo espanto diante da morte que os visitara tão cedo em suas vidas ou pelo simples efeito do estrangulamento ou da degola. De início os cadáveres chegavam a ficar vários dias jogados nas calçadas, ninguém ousava se aproximar deles, para se ver como o medo do comprometimento afasta as pessoas mais do que qualquer peste. Abandonados nas ruas, os corpos pareciam a cada dia maiores, não porque crescessem como deveriam crescer em vida, mas num inchaço terrível que deixava os meninos quase como adultos, precocemente envelhecidos, grandes demais em suas roupas infantis cujos tecidos, frágeis e desgastados pelo uso contínuo, não resistiam ao estiramento e iam se rasgando, muitas vezes em repentinos rasgões que soavam como gritos dilacerados. Para evitar esse horror, que poderia colocar em risco o programa de extermínio patrocinado pela Sociedade dos Amigos do Vela Acesa, os seus dirigentes exigiram do justiceiro não que parasse a caça às crianças de rua, mas que ocultasse seus cadáveres infantis. Com espírito profissional, o cabo tratou de encontrar uma solução, e a primeira ideia foi justamente a de encontrar um local ermo do qual ele pudesse se servir sem ser incomodado e que pudesse assim se tornar, atendendo à visão messiânica que tinha de si mesmo, um local sagrado, como um altar de sacrifícios, proi-

bido para qualquer outra pessoa que não fosse ele próprio, a não ser que estivesse ali já morta ou por morrer. Com essas formulações idealizadas, o cabo perambulou pelo bairro, subindo em direção ao morro do Mundéu, ponto mais alto do bairro do Vela Acesa, até encontrar a ladeira... *

A NATUREZA NÃO NAVEGA EM HIPÓTESES,
SEGUE SEU PRÓPRIO CAMINHO, INDIFERENTE
À AGONIA DOS PENSAMENTOS.

Uma introdução ao horror

* * *

Matar, eis a palavra que não sai de nossas
cabeças quando nos sentimos sem saídas

Venho descobrindo, só agora, que a violência exerce sobre mim um fascínio incontrolável. Acima de qualquer julgamento ou conveniência. Ou talvez a atração seja pela morte, não sei. Tento mensurar o tamanho do ódio que sinto por esse mundo injusto e falso. As dimensões da opressão que pesa sobre todos nós, o medo, o ridículo, a falsidade, a mentira. Um ódio que parece pouco a pouco se derramar sobre um outro ódio. O ódio às pessoas que aceitam essas regras. Um ódio a todos os instrumentos dessa opressão. Um ódio aos carros, à riqueza, a tudo que compõe este mundo que já não nos serve, não parece querer mudar, reencontrar o caminho perdido. Um mundo que reluta em se livrar dessa opressão, dessa falsidade, dessas mentiras. Minha própria emoção me aterroriza. Questiono tantas mudanças em meu comportamento. Penso em Gabriel, a cada dia me pareço mais com ele, mais penso como ele. Olho para mim mesmo agora, a cara de meia-idade que me desgosta. Nem moço nem velho. No mesmo espelho que me trouxera a imagem do Cabo Davino. Ao contrário deste, vejo ali meu rosto inexpressivo e sem força. A expressão inequívoca de medo. A barba rala, as feições delica-

– 97 –

das. O olhar embaçado, sem brilho, contrastava com a fúria de meu espírito. Eu queria ser como Davino, forte, o rosto duro, a determinação no olhar de exterminador. Olhar de quem compreende bem o significado do que faz. Reflito sobre as palavras do Cabo, me instruindo. Preciso ser forte. Se apanhado algum dia, estarei preparado para enfrentar os interrogatórios. E até mesmo a tortura. Gente desprezível. Submissos, analfabetos, sem qualquer imaginação. Como poderiam desvendar um crime com tal despreparo? Tratam do crime como se fosse obra apenas da vontade, mero desejo dos assassinos. E não como uma triste compulsão de nossos tempos. Matar, eis a palavra que não sai de nossas cabeças quando nos sentimos sem saídas. Somos animais, como qualquer um desses predadores que tanto admiramos e gostamos de ver em programas de TV. Não nos deixem sem saídas ou abriremos uma porta com nosso instinto de sobrevivência e o extremado descontentamento com o mundo. Armas não nos faltam, nunca nos faltarão. Não são assim nossos heróis? E os heróis, poderosos mitos do cinema, não são, na verdade, como Davino? Matar é a diversão maior, eu aprendi isso ainda menino. Nada se equipara a esse prazer que nos iguala aos deuses. Eles criam, e nós matamos. Quem de nós então seria o mais poderoso? Eu não trocaria o Cabo Davino por meia dúzia de sacerdotes ou homens das leis com seus formulários de mortes lentas e silenciosas.

Sobre os julgamentos

* * *

*Não inventamos a violência, apenas
seguimos as lições da natureza*

Certas teorias vêm ao mundo não para explicar o inexplicável, mas para justificar os fatos. Coisas acontecidas, irremediáveis. Não se pode voltar ao passado. Ridículo ver pessoas repetindo essas verdades feito papagaios ou tabuadas de multiplicar. Ridículo ver pessoas se matando por essas verdades sempre obsoletas. Pois nem acabam de ser pensadas ou promulgadas como leis para que já estejam em desacordo com o que se passa ao nosso redor. Ridículo ver fanáticos apregoando o fim do mundo a cada fim de século, sem perceber que não haverá fim. Se o mundo nem acabou de nascer ainda! E já vimos, nunca nascerá de todo. A vida será sempre uma espera ridícula. A espera da salvação, a espera da paz, a espera do fim. Somos ridículos quando teorizamos o mundo. As teorias caem umas sobre as outras feito bananas podres. Ideias rejeitadas até pelos passarinhos e morcegos, caindo de cachos esquecidos nas bananeiras. E a moda, que ridículo aquelas mulheres lindas e descarnadas a andarem de pé com suas magrezas, fazendo um pé tropeçar no outro. Quanto charme dessas beldades à custa de imensos sacrifícios, quanta elegância no andar, apesar das quedas que as desmoralizam.

E os costumes, então? Não temos as penas coloridas de certos pássaros, não temos a força de elefantes, nem a agilidade de um leopardo. Tampouco a leveza plástica dos movimentos dos primatas, nossos irmãos primitivos. Que maravilhosos são eles, saltando nos galhos de árvores ou caminhando com seu cambalear de aprendizes. O ridículo, tal como o círculo, é também uma criação humana. E nasce do desejo de se diferenciar. E da dificuldade de realizar esse desejo estúpido de estar acima, de mandar. Todos tão ridículos e erram tanto! E nos fazem rir, aliviados. Erram por eles e por nós. Sempre há de ter alguém que erra por nós. Sempre há de existir pessoas mais ridículas do que nós. Menos poderosas do que nós, mais estúpidas ou miseráveis do que nós. De tal forma que se tornam nossas diversões, nossos alvos. São nossas escadas para que pareçamos melhores e maiores do que realmente somos. O homem sobre a mulher, o rico sobre o pobre, o vestido sobre o nu, o branco sobre o negro, sobre o índio. Esse é o círculo que me apavora, me desgosta. O destino de que fujo para minhas elipses, minha liberdade. É na fatalidade dessa figura circular, patética, sem saídas, é nessa mesmice que os julgamentos se realizam. E aqueles que julgam se fazem de corretos, seguem os preceitos. São os que se deixam dirigir pela fatalidade do nada, pelos consertos que não consertam nada. É nesse pântano sem graça que se julga. Sim, são todos crocodilos, mas fazem-se de borboletas, é o que a liturgia do julgamento exige ao profissional. Eu sei, eles vão procurar Gabriel para que fale de Luciana, sua irmã. Eu me antecipei, quis ouvir dele o que ele diria sobre a irmã.

Descrever uma pessoa

* * *

É difícil falar de Luciana. Sei demais sobre ela

É difícil, disse Gabriel. Sei demais sobre ela. Também sei demais o que não sei dela. Escutei suas lamúrias na solidão de seu quarto, sei demais sobre seu corpo, seus gostos. Sei demais sobre seus gestos, seus olhares fugidios. Sei demais sobre sua voz, sei demais sobre sua alma de menina. Sei demais de suas queixas, de suas vergonhas, de seus medos, suas roupas preferidas. Conheço suas cicatrizes, mesmo as ocultadas pela vergonha. Uma mulher deve ocultar as marcas do sofrimento. Sei demais sobre sua voz, sobre os tons em que disfarçava sua emoção. Sei demais sobre o que sonhava, o que desejaria da vida. Sei demais sobre seus pés, os sapatos que os machucavam, as cores de que gostava. Sei demais sobre a falta de amigos e a solidão. Sei demais sobre ela, mas incomoda-me ainda mais o que não sei. Que mistérios se ocultam em tantas evidências, expressões fáceis demais de tudo o que se passa no inferno de sua vida? Deixei Gabriel em sua cadeira de rodas e mergulhei no abismo de meu quarto. Eu queria escrever sobre Luciana, mas agora estava prisioneiro da sinceridade de Gabriel. Por onde começar uma história quando se sabe tudo dela? E quando se sabe que ao saber o que se mostra nada sabemos de fato sobre uma pessoa? O caminho de uma história deve ser percorrido como uma busca. Tarefa angustiante de quem está perdido. Uma história será esse caminho, carregado de erros, voltas. Sem o fim previsível ou já determinado. O universo não gosta também de coisas predeterminadas! A humanidade, sim, parece gostar. Gostar de ouvir as mesmas histórias, as mesmas de sempre. De saber onde está o começo e qual será o fim. Ingenuidade espantosa de um gênero animal aprisionado pela roupagem. E tantas regras. A disciplina mal disfarçada sob a qual se construiu todo o seu saber e seu poder. As regras que agora seu saber impõe. Mas o pensamento deve seguir sua essência de rebeldia, de negação! Não somos animais quaisquer! Sabemos falar e pensar! Para isso foi preciso matar, oprimir, explorar, diferenciar e usar roupas ridículas. Não inventamos a violência, apenas seguimos as lições da natureza. Com uma pequena diferença, já que desenvolvemos a crueldade; o prazer pelo sofrimento do outro. Tivemos então que tentar parecer com nossos sonhos. O desejo de ser como em alguma fantasia. Ali pretendemos ser maiores do que aqueles outros, todos, pequenos, ridículos, que nos veem. Precisamos sempre deles. Dessas pessoas que nada valem a não ser o que comem ou o que arrotam como verdades. Cercados por elas seremos reis e sábios. Assim o mundo se equilibra em sua estranheza e crueldade.

Sobre a irmã de Gabriel

* * *

No brilho da tela, a violência de sempre. O reinado da dissimulação, onde as histórias se apresentam como sendo nossos sonhos, nossos pesadelos, nossos pecados

O que falar de minha irmã?, iniciou Gabriel. Quantas perguntas guardava desde que nascera. Perguntas que mantinha soterradas sob o manto da inconveniência, da curiosidade obsessiva, do medo do ridículo. Mas há uma triste história. E a história envolvia aquele homem, desde o dia em que chegou em casa com minha mãe. Lembro-me do olhar severo e paralisante de minha mãe, aviso de que proibia qualquer objeção ao que fazia. O dedo apontava para minha irmã. Eu me lembro do sorriso daquele homem abominável com sua farda. Exibia o sorriso aninhado no gesto medido com que se despia do capacete. Exibia uma falsa intimidade com nossa casa, o gato, o sofá. E até mesmo a tevê, que ele passou a manipular. Escolhia sempre um programa policial que bem dizia sobre quem era ele. No brilho da tela, a violência de sempre. O reinado da dissimulação, onde as histórias se apresentam como sendo nossos pesadelos, nossos pecados. E a vantagem anestésica de garantir que nada pagaremos por tudo que fizermos. Nada por nossos gestos e ações abjetas expostas em nosso nome para o julgamento público. Somos nós naquelas imagens, naquelas histórias. O pior de nós. Como se a TV nos

– 103 –

colocasse de joelhos diante de um confessionário a mercê de um bondoso Papa. Ele nos dirá, ao final, que estamos livres de todos os pecados. Olhando para aquelas cenas na tv eu as confundia com nosso invasor. Aquela figura indesejável, a violência de sua presença entre nós. Enquanto Gabriel falava, eu não parava de pensar em Cabo Davino. Se estivesse vivo, eu pediria a ele que liquidasse aquele soldadinho. Desprezível, mas capaz de iludir a mãe de Gabriel e Luciana com o poder de sua reles farda. E Luciana nada entendia, mas não fugia ao olhar insistente e guloso do soldado. Quanta liberdade. Acomodando-se em sua cadeira de rodas, Gabriel seguiu sua narrativa. Depois daquele dia minha irmã passou a frequentar seu abismo próprio. Minha irmã era uma presença dolorida. Uma flor vestida dos pés à cabeça com as roupas da ilusão. Mas parecia feliz. E essa felicidade me conduzia ao sofrimento e ao silêncio. Eu era como um vulto sóbrio, encarcerado em minha cadeira de rodas. Via Luciana entrar em casa com seu olhar fugidio, o corpo arqueado pelo peso da mochila. Eu imaginava que as imposições da vida é que vergavam o corpo de minha irmã. O que fazia minha irmã o dia inteiro fora de casa, já que a escola era apenas de manhã? E aquele homem fardado, o soldadinho odiento, que ainda por cima me provocava com o sorrisinho de vitória? Soldado é sempre mais a roupa do que aquele que a veste. Assim eu o olhava, como a um invasor, aboletado em nosso pobre sofá, diante da tv. O revólver pesado, caído como coisa morta ao lado do corpo. Não era o revólver que amedrontava. Era o homem que podia ostentar uma arma, deixá-la tão exposta como um aviso, um sinal de poder. Uma opressão. Ele vencera. Minha mãe apontara o dedo para minha irmã e, mesmo que tivesse desejado, minha irmã se tornava prisioneira dessa decisão de mãe. Uma reles posse daquela farda e daquele sorriso de vitória. A escuridão, quem poderia dizer o que se passava no coração de minha irmã? Quem não vê que ela fora subitamente aprisionada em seu labirinto e no abismo cavado por sua própria mãe? O olhar incisivo de minha mãe era ao mesmo tempo ameaça e explicação. Pagava assim uma dívida cujo nome era a segurança, a proteção. Importava pouco ou nada qual o pecado a pagar. O soldado sabia, era o que bastava. Naquele mesmo dia minha irmã saiu de casa com aquele homem. Estava feliz, iludida pela liberdade que nossa mãe sempre lhe negara. Voltou depois, era outra irmã. Aquele homem havia roubado um grande naco de sua alma. Era assim, com a alma pela metade, que ela saía de manhã para voltar de noite. Feito um farrapo humano. Guardo ainda, desde que nasci, aquela imagem da menina Luciana me vendo sair de minha mãe. Ela me viu saindo de meu primeiro abismo, a primeira escuridão. Antes mesmo que eu pudesse compreender onde estava. E ainda sem saber por que estava ali, por que saía para esse outro mundo tão iluminado e ao mesmo tempo tão escuro. Antes que eu pudesse sequer pensar em qualquer escolha. A vida é que nos escolhe e nos serve num prato grande ornado com todas as patifarias do mundo. Todo ódio, toda ilusão, toda mistificação, todo faz-de-conta, toda miséria. Tudo quanto poderia ser bom e pode ter de ruim nesse mundo. Mundo indomável que primeiro me criou lá dentro do escuro abismal de minha mãe para depois me separar dela com todas aquelas dádivas que me ornavam feito presente de aniversário. Generosidade da qual eu ainda teria a obrigação de me orgulhar. Para sempre. Adiantava nada eu olhar para a pequena janela do quarto, apontando para o céu, para a liberdade das ruas. Sempre o mesmo quarto, onde um atrás do outro íamos sendo miseravelmente paridos. Onde quase todos nem viver viviam, servindo de pasto precoce para o abismo e a escuridão de que tanto falava minha mãe. Ficamos eu e Luciana. Já era o bastante para que minha mãe se desdobrasse em dois estranhos. Filhos, apesar de saídos das entranhas das mães, carregam em si o contraditório, a negação. Esse é o jeito esperto com que o mundo se descompromissa até do que nos parece essencial. Indispensável apenas para nós. Pouco ou nenhum interesse desperta em ninguém mais. Um descompromisso pelo resultado de tal esforço de gerar filhos. Na esteira do que seria o amor, desenrola-se o vil desentendimento, o descompromisso. E a negação, mesmo que dissimulada. Pois se há alguma coisa que aprendemos desde cedo é dissimular. A facilidade com que erramos tem a dissimulação como parte de nossa fragilidade. Eventualmente de nossa própria força. Eu nasci nesse desentendimento. De nada adiantava ser atraído por qualquer coisa fora de nossa casa, além dessa lógica emprestada e com a qual eu absolutamente não me dava. Eu já previa o quanto de sofrimento essa loucura me propiciaria. Não haveria remédio, apesar das promessas de que tudo seriam presentes e balas de chocolate. Na vida real, até o doce queimava e amargava na boca. E "amarga" foi a primeira palavra complexa que aprendi na vida. Sentimento que desdenho e do qual fujo como quem foge de seu próprio abismo e dos perigos de sua vontade. Fuga que nada representa já que há palavras, como essa, que nascem coladas à sua vida e ao seu destempero. Palavras que bebem de sua sede, comem de sua fome, alegram-se de sua alegria, odeiam por seu ódio. Amargor lembra amar e dor. Idiotice de quem ou de como essas ideias se juntaram um dia na formação do mundo. Ou mesmo antes, quando nada, nem ideia de mundo ainda existia. Nem existia nada que pudesse repentinamente imaginar a loucura de criar uma coisa tão despropositada e cruel, como a vida. Minha irmã me viu nascer, observando como a vida ganhava aquele corpo miúdo de menino. O corpo frágil, arroxeado do esforço para nascer, banhado por uma gosma. Vindo de dentro da mesma mãe de onde minha irmã também teria saído. Da mesma forma em que teria saído também nossa mãe de nossa avó. Assim como o pai, o avô, saídos de suas mães. Cada um com seu abismo próprio e sua própria escuridão. E até mesmo aquele homem que chegava todas as tardes como invasor, junto de minha irmã. Até mesmo aquele maldito soldado. O que fazia Luciana na vida, o que fazia ela, desaparecida desde a manhã com a roupa escolar e a mochila pesada até à noite? Por que voltava com o rosto cansado e a recusa a qualquer conversa? O encanto ingênuo pelo soldado desaparecera em poucos dias. A mãe ocultava seu próprio sofrimento e desencanto, recomendando que eu não pensasse nisso. Que não tentasse decifrar os escuros do mundo. Recomendava procurando revelar convicção, sem desviar os olhos da tarefa doméstica em que se entretinha. Assim levava a vida, sem dela nada exigir. A não ser que seguisse como vida.

Palavras, ditas ou não

* * *

A morte é carregada de cheiro. Nem sempre
muito agradável, mas é cheiro

Aprender a dissimular e a desviar os sentidos de todas as coisas, a confundir, levar o interrogador para dentro de meu próprio labirinto, onde só eu saberia a saída. Iludir, dar pistas erradas, sempre com a precisão do melhor dos realismos na literatura e no cinema. Atrair para o nada, enganar sem que a intenção fique aparente. Que as mentiras mais se assemelhassem a enganos. Induzir a uma busca sem pistas, sem provas. O Cabo Davino, ocupando meu reflexo no espelho, se divertia com minhas espertezas. Havia sido o mestre de Gabriel. Agora, morto, está a meu serviço. Dele quero tudo, menos sua morte. Morrer é um mistério insondável. E nós nos agarramos a essa nova possibilidade, a de permanecermos vivos pela imagem. No entanto, nada é certo nesse mundo. Nenhuma tecnologia pode nos garantir essa eternidade. Davino parecia perceber que ia embora de vez, era patético. Sua vida ali era uma ilusão, uma determinação de minha loucura. Nada mais. Deus nenhum nessa história. Eu imaginava os diálogos e as respostas que o Cabo Davino de meu espelho repetiria. Meus interrogadores eram ainda mais miseráveis, mais pobres de espírito. Isso os tornava mais perigosos, alertava o Cabo, a voz cambaleante, de bêbado. Mas insistia. Miseráveis, eles perceberiam menos as sutilezas de meus pensamentos. Não se deixariam seduzir por minha inteligência. Eu ia em frente, começava o diálogo. Eu quero dizer uma coisa. Uma confissão? Meu Deus, já não basta ter sido preso? Em fragrante... Não é com erre, diga flagrante, corrigi. Seja como você quiser, pirralho, eu dizia que você pode ser preso em fra... flagrante. De alguma coisa tem servido nossa conversa. Continue. Eu minimizei a crítica, precisava ainda de Davino. As duas palavras são mesmo parecidas, têm origem latina, parecem tão distantes. E são?, quis saber ele. Não, "fragrante" diz respeito a cheiro, olor, aroma agradável. E "flagrante" não deve ser agradável, adiantou-se Davino. Eu sempre o evitei. Por que não? Nada agradável ser pego cometendo um crime. Ou o contrário, Davino. Poderá ser uma revelação, um momento em que o criminoso pode dividir seus pesados sentimentos com outros. E a morte. Ah, a morte é carregada de cheiro. Nem sempre muito agradável, mas é cheiro. Senhor..., balbuciou ele. Eu ainda prossegui minha pequena aula, o inegável prazer de me sentir superior. Eu estava dizendo que, apesar de parecidas, as duas palavras são, na verdade, apenas complementares. Não opostas. César... Sabe meu nome? Eu sei tudo sobre você, estou aqui no papel de seu interrogador, então me responda. Espere. A vida inteira é o que mais fazemos. Davino retomava o papel de interrogador, para o qual fora ressuscitado. Agora era o rei, o senhor. Eles terão você para o que quiserem. Eles dependerão de mim, de minha confissão. Davino se irritava. Quer pancada ou devemos terminar aqui mesmo, encaminhando nosso relatório ao juiz? Ah, sempre temos os juízes em nossa vida. O senhor não os teme? Temo meu próprio juízo

– 110 –

como temia o olhar de meu pai. Como era? Tinha uma luz que feria, no entanto, o que nos transmitia não era a luz. O medo? Da vida, talvez, da vida que ele queria que vivêssemos, segundo as regras rígidas de sua formação. Medo, o medo de errar. Talvez isso, talvez fosse dele mesmo o medo que nos transmitia. O medo de errar, o medo de viver. Davino silenciou, em sua imagem a cada dia mais imprecisa. Tenho dúvidas se ele percebia isso, que estava indo embora, desaparecendo. Mas, já estando morto, desapareceria para onde? Para lugar nenhum. Seria o fim definitivo, absoluto. Eu me espantava com o sentimento de poder que isso me transmitia. O poder sobre um homem tão poderoso. O que era o poder para você?, perguntei. O poder? Eu não sei. Inspirava medo, ninguém o enfrentava, provoquei. Não sei bem, era tudo tão trabalhoso, eu ganhava minha vida. Contratado? Sim, contratado. Por quem? Quem poderia contratar um pistoleiro? Quem teria dinheiro para isso? Eu é que pergunto: quem? Davino sorriu. Ingenuidade, a sua. O segredo sempre foi a alma de meu negócio. Até na morte? Quem sabe? E o pai de Gabriel, quem mandou matá-lo? Você sabe. Um morto não deve dizer o que os vivos já sabem. A mulher? Davino não gostava de ser inquirido. Vou embora, disse ele. No mesmo instante meu próprio rosto ocupou a tela do espelho. Ele voltará, ainda. Eu sei.

Erros

* * *

Eu estarei sentado numa cadeira simples, rodeado de policiais

Há três dias não saio de meu quarto. Tenho buscado essa solidão. Nem comida, nem banho, a barba já se desenhando em meu rosto. Coloco-me diante do espelho e espero que surja a imagem de meu instrutor. O Cabo Davino, que eu imaginava já desaparecido, surge agora com seu semblante mais severo, duro. E uma visível preocupação que marca seu rosto. Eu não quero que ele diga nada. Ele já teve seu poder, já o exercitou, fez o que quis. Agora é meu serviçal, criação de minha loucura e de minha crise. Quero que escute. Que aprove minhas respostas a um novo interrogatório imaginário. Eu estarei sentado numa cadeira simples, rodeado de policiais. Ambiente de delegacia, as celas superlotadas, o cheiro de urina que invade o ar que respiramos. Isso não incomoda os policiais, mas incomoda a mim. Sufoca. Não posso deixar que percebam isso. Forço a respiração, concentro-me nas perguntas e respostas. O que querem saber agora? Qual a razão de tantos crimes? Não há crime algum, quais são eles? Por que então... Eu já pedi que espere... Eu tenho o meu tempo. Nós não temos o tempo que você pede. Problema de vocês. O senhor foi pego em fra... Fla... Em flagrante. E certa-

– 113 –

mente pegará muitos anos de prisão. E o que importa isso para vocês? Tem noção de quantos podem ser? Tantos quantos eu tiver disponíveis para vocês. Se o senhor ajudasse. Senhor? Se você ajudasse. Ajuda ao algoz é um dos motivos desse crime... Como assim? Não vou repetir o erro da mãe de Gabriel.

Ao lado de meu notebook, um guardanapo amassado. E um texto certamente deixado ali por Gabriel, como numa antecipação do que se passava em minha alma. Um manuscrito de difícil leitura em que Gabriel exercitava seu crescente poder sobre minha vida, meus atos, meus pensamentos.

Não existem dois momentos iguais
Não existem dois seres iguais
Não existem saídas de volta
Não existe volta para nada no mundo
Não existe futuro
Não existe nem bem nem mal
Não existe julgamento bom
Nem beleza, nem feiura
Não existe nada

Embora meus pés se apoiem nesse cimento frio, embora sufoque esse ar infecto desse quarto imundo dessa vila abjeta desse bairro fétido dessa gente infeliz desse mundo ab ab ab ab surdo em que nasci.

Ora-se por alguma mão caridosa
Que cubra tudo com um manto colorido
E esqueça tudo depois.

O passado é uma tentação febril
Imagens de faca cortando carne
Crimes, miséria, medo, poder
E mentiras, tantas mentiras
Correm pelo mundo feito rios de lama.
É preciso cortar esse elo
É preciso urgente cortar esse elo.

A falsa Isabel

* * *

*Era impossível negar uma certa alegria, uma felicidade
que eu desconhecia, que não fazia parte de minha vida*

Naqueles dias tortuosos, encontrei de novo a garota que se fazia passar pela minha Isabel. Minha querida Isabel, que deveria ter o rosto deformado pela cicatriz, mas não tinha. A garota pode até mesmo se chamar assim, dona da página na internet. Mas nada tem a ver com a mulher pela qual me apaixonei. E que não esqueço. A garota inventara minha Isabel, que era tão real quanto sua criadora. Uma criatura que me levou a tal paixão. Criadora, também matou sua criatura logo depois de nosso incompleto encontro em frente à padaria do bairro. Por enquanto vou chamar aquela garota fútil de Falsa Isabel. Procurei por minha verdadeira amada em todos os cantos do mundo. Em vão, o rosto afogueado e os olhos marejados de esperança. Nada, nem sinal. Uma pessoa desaparece assim nesse mundo, sem deixar rastros. Sem se despedir, sem indicar seu novo endereço. Eu sabia que não haveria outro endereço. A Falsa Isabel simplesmente desapareceu com minha amada. E então a vi de novo, a Falsa, maldita. Estava numa pequena praça a poucos quarteirões de minha casa. Ela, de tênis e short. Divertia-se com as colegas jogando uma bola de vôlei umas para as outras, sem rede, sem quadra.

Posicionei-me atrás de uma grande figueira e fiquei ali, por vinte ou trinta minutos, observando-a. Era mesmo de uma beleza singela, comum, o rosto bem delineado. Sua simplicidade atenuou meu julgamento sobre ela. Quando sorria, exibia os dentes muito brancos, alinhados. A distribuição perfeita demais em sua boca transmitia uma imagem um tanto infantil. Eu jamais me apaixonaria por uma mulher assim, pensei. Fixei o olhar naquele rostinho inexpressivo, imaginando seu queixo deslocado e a cicatriz riscando sua pele da boca até os olhos miúdos. O resultado lembrava minha Isabel. A Falsa postara aquela imagem de Isabel deformando seu próprio retrato, me confundindo, só podia ser. Pois amei a imagem de uma mulher. E a mulher que via ali era outra pessoa, não aquela do retrato. Amei-a na forma em que a conheci. Imagem que me atraiu justamente por não ser do tipo da outra, a criadora, a Falsa. O mundo é formado de coisas e de opiniões. As opiniões formam esse lago imenso de dúvidas e nele devo ter me afogado. O desaparecimento de Isabel me fez sofrer, muitas vezes me levando ao desespero. Como todo amante, repeti essa busca por muitos dias. Várias vezes voltei à esquina da padaria, ao lado da banca de jornais. Esperança vã de que uma verdadeira Isabel ainda aparecesse e me reconhecesse. Que me abraçasse para que fôssemos felizes para sempre. Eu me preparava, vestia a roupa combinada, a calça jeans e a camisa branca. E esperava horas ali na rua. Nada de Isabel. Maldita falsária. No dia em que a vi de novo, a garota se despediu das amigas e saiu da praça, caminhando sozinha pela rua. E eu a segui, como segui tantas pessoas pela vida, pelas ruas. Sentia-me confuso, incomodado. Um sentimento ainda difuso e que teimava em aflorar, contradizendo o que eu gostaria de sentir por aquela garota. Era impossível negar, agora eu me sentia atraído por ela. Era impossível também negar uma certa alegria. Uma felicidade que eu desconhecia, que não fazia parte de minha vida. A garota seguia pela rua, despreocupada, livre. Agitava a cabeça como se marcasse o ritmo de alguma música que imaginava. Eu podia adivinhar a música. Sem qualquer controle sobre minhas emoções, eu também movimentava a cabeça. Acompanhava o ritmo da música que nos unia. Seguir as pessoas é uma espécie de aventura no desconhecido, como entrar em uma floresta sem guias. Como deixar seu barco navegar à deriva seguindo alguma corrente marítima. A pessoa está ali, quase ao alcance das mãos, sem saber que a seguem. O seguidor tem sua vítima como uma prisioneira, a sensação de que pode fazer com ela o que quiser. Pode fotografá-la, pode sequestrá-la. Seguir uma pessoa sem que ela saiba é desfrutar de nossa invisibilidade, de nosso poder sobre o outro. É ter a vítima como propriedade. Como se a seguisse retendo nas mãos uma corda envolta em seu corpo. Andamos assim por seis ou sete quarteirões e ela finalmente parou diante do portão de uma casa. Eu me ocultei rapidamente, a tempo de evitar que ela me visse. Antes de entrar, a garota olhou repetidamente para os dois lados da rua. Meu coração disparava, uma emoção que eu não conseguia mais controlar. Batidas tão fortes que eu temia que ela escutasse. Finalmente a vi entrando. Esperei apenas que o coração cedesse, que voltasse ao normal, para sair. Andei poucos passos, uma ansiedade imensa, sufocante. Os pés se rebelavam, pedindo que eu voltasse. Incapaz de resistir, não voltei. Ao contrário, caminhei como um animal para a linha de morte, sem forças para resistir. Chegando ao portão, toquei a campainha. Ela custou a abrir a porta, no alto da escada que se iniciava no portão. Olhou-me espantada, ensaiou alguma pergunta e, como se engasgada, silenciou. Não sei quantos segundos, horas, séculos, nos olhamos naquele espanto. Isabel. Não, não podia ser, mas possuía seu olhar, seu cabelo. Várias vezes tive ímpetos de fugir, mas seu olhar agora me escravizava. O sorriso aos poucos foi delineando aquele rosto bonito, que eu já não achava mais fútil e infantil. Era o rosto de uma jovem atraente, enigmática, bela. Depois de confirmar quem eu era, acenou que eu entrasse. Notei que olhava preocupada para os lados da rua. E me fez entrar rapidamente, fechando a porta. Devo escrever depois o que se passou entre nós naquele dia. Falta-me coragem agora para dizer o que aconteceu. Foi tudo tão rápido! Depois escrevo!

Perseguindo Vanderly

* * *

*A miséria estendida qual um tapete imenso, cobrindo
a terra de iniquidades. Um abandono assombroso.
Um inferno sem saída, sem solução*

Em um outro dia, segui o rapper Vanderly, meu vizinho na Vila, curioso em checar as histórias que dele se contavam. Por mais que procurasse, não conseguira saber nada sobre ele, de onde viera, o que fazia na vida. Diziam que não era de longe, eventualmente de uma favela. Tudo conjecturas a partir de seu modo de se vestir, da tatuagem no braço e o boné sempre virado para trás. E seus hábitos solitários. Mal chegava e se trancava no quarto para ouvir suas músicas repetitivas. Raps monocórdicos, com sua linguagem agressiva e militante, convocatória. Boatos diziam que era mesmo um rapper famoso, que tinha muito dinheiro. Que se ocultava ali na Vila, fugindo do assédio dos fãs e de seus inimigos. Eu o vi saindo da Vila num final de tarde, enquanto eu conversava com Gabriel. Fiz um breve sinal a Gabriel e saí também da Vila. Vanderly parecia ter sumido, eu caminhei apressadamente até uma esquina, imaginando que ele havia entrado na primeira travessa. Uma rua estreita e de terra. Estranhei aquilo, imaginava que ele caminharia até mais à frente, o ponto de ônibus. Ou que tivesse saído pela direita da Vila, caminhado três quarteirões até o ponto de táxi ao lado da padaria em que me desencontrei de Isabel. Cheguei rapidamente à ruazinha de terra e lá estava ele, cem metros à minha frente. Para onde iria, por aquele caminho de poucas casas, pouco movimento? Vanderly levava uma mochila nas costas e o boné naturalmente virado para trás. Assim caminhamos uns três ou quatro quarteirões, notando que a região ia se tornando cada vez mais pobre, as casas mais inacabadas, crianças brincando nas ruas sem carros. O rapaz parou em frente a um sobrado de tijolos e com o portão de tábuas emperrado pelo monte de areia de construção. Vanderly parecia agir com cautela, olhando para os lados e para trás. Prevenido, eu já havia me protegido na esquina, distante dali uns quarenta metros. Tal como eu imaginava, ele parecia inquieto, examinava a rua dos dois lados. Insistia em olhar em minha direção. Até que caminhou rumo ao portão e bateu palmas. Logo um rapaz de camiseta, o pescoço todo tatuado, apareceu. Cumprimentaram-se com certa formalidade, as mãos se tocando em um ritual sincopado e sincronizado. Vanderly tirou de sua mochila um pequeno pacote de papel e o entregou ao rapaz. Era impossível satisfazer minha curiosidade. A tentação era de definir que o conteúdo só poderia ser droga. Mas o rapaz rasgou o papel e tirou dali um cartão. Sorriu e abraçou Vanderly, deixando-me ainda mais curioso. O rapaz se voltou para a casa e gritou o nome de algumas pessoas. Outros rapazes surgiram, liam o cartão e agradeciam a Vanderly. Logo voltaram todos para a casa. Vanderly seguiu em frente, e eu o segui. Parou em mais três ou quatro casas, entregando os envelopes para pessoas que o recebiam festivamente. Na última casa, deixou cair um dos envelopes. Era a minha chance de saber o que diziam os cartões. Deixei que os moradores entrassem e que Vanderly se distanciasse. Abri o envelope e ali havia apenas a frase: NA PRÓXIMA SEXTA-FEIRA. A noite chegava com rapidez e logo as poucas lâmpadas da rua se acendiam. Percebi que estávamos chegando a um improvisado campo de futebol, cercado pela favela. Era justamente a favela do Vela Acesa, como indicava a placa "Clube do Vela Acesa". Ali estava o antigo reinado do Cabo Davino. A favela se iniciava beirando o campo e se estendia, como uma imensa e miserável arquibancada, subindo o morro íngreme. Fui tomado pela emoção. Lembrava-me das histórias do Cabo, lembrava-me do texto que havia lido sobre ele, lembrava-me das conversas com Gabriel. Deixei Vanderly e andei pelas beiradas do campo procurando a vila construída por Davino. Alguma coisa aconteceria ali, o encontro anunciado em cartazes para alguns dias depois. Chegavam também alguns carros, vans. E até dois ônibus carregados de passageiros que desciam em algazarra. Alguns jovens ainda pintavam cartazes, roupas, papéis e tintas espalhados pelo piso de terra do estádio. Eu não me interessava por eles, tomado pela emoção dominante, encontrar ali as casas construídas por Davino. Casas que deveriam lembrar cada uma de suas vítimas. A Vila do Cabo Davino. Finalmente encontrei a enorme escadaria. Uma infinidade de degraus partindo do nível do campo e quase se perdendo no infinito, no final da subida. E ali, em volta da escada estreita, as casas que ele construíra. Amontoadas umas sobre as outras, inacabadas. Quase todas com partes em alvenaria, telhas novas, novas fachadas, como a ocultar o feitiço das oferendas do Cabo. Era o que restara das estranhas casas construídas pelo justiceiro, onde cada casa originalmente representava uma de suas vítimas. Uma por uma eternizando cada morte, cada assassinato. Andar por ali era como andar entre mortos, uma paisagem de assassinatos e dor. Uma oferenda aos seus mortos, ideia de Davino buscando apaziguar a fúria daqueles espíritos errantes, tirados por ele mesmo de suas antigas casas, e de seus corpos no abismo do Vela Acesa.

Tomado por visões terríveis, ia derramando sobre seu projeto o caldo etéreo de seu pesadelo, transferindo para a obra a luta sangrenta que se travava em seu interior, projetando sobre os degraus e sobre cada uma das casas as imagens dos mortos de que fora o algoz. *

Dez anos haviam se passado, desde a morte de Davino. E o tempo certamente havia contribuído para a descaracterização daquelas casas, disfarçando a tenebrosa original deixada pelo Cabo em sua ladeira. Não era mais possível reconhecer ali os sinais das vítimas presenteadas por Davino. Mas era ainda um retrato dantesco, o espetáculo da miséria, de pesadelo. Naquele momento muitas crianças saíam das casas e passavam correndo por mim. Me emocionou vê-las assim, felizes, muitas delas ainda com seus uniformes escolares. E logo ouvi os primeiros sons do ensaio de um show de rap. Lembrei-me do cartão entregue aos rapazes por Vanderly. Eram eles que chegavam, com alarde, festejando. Era isso. Tudo ritmava ao som agressivo de discos manipulados pelas mãos do DJ. Metais arrastados, gritos, grunhidos, uma verdadeira trilha sonora para aquela visão aterradora. Eu não conseguia me desligar daquele cenário de mortes. Fui subindo os infinitos degraus, embalado pelo som de rap que logo se iniciava, agressivo, repetitivo. Um mantra afirmativo, violento e ameaçador. Lá de cima, finalmente percebi o que aprisionara

– 124 –

o espírito de Davino. E que alimentava os delírios de Gabriel. Davino se emocionara com aquela vista de uma cidade sem limites. A miséria estendida qual um tapete imenso, cobrindo a terra de iniquidades. Um abandono assombroso, que parecia se encaixar em sua própria história, como um berço maldito. Um inferno sem saída, sem solução. Diante daquela visão, a violência lhe parecia ser a única ação possível, único sinal de vida. De um lado eu podia ver, agora, o campo de futebol, já tomado por uma pequena multidão de jovens e pelo som dos rappers. Do outro lado, como um espanto, o abismo. O corte abrupto do morro até às margens poluídas do córrego Vela Acesa. Dali, da boca do abismo, Davino cumpria sua sina diabólica de tentar movimentar o mundo com sua violência. Dali arremessava suas vítimas, ainda vivas, para que vivessem ainda alguns segundos antes do fim, quando se despedaçariam como carne à beira do córrego Vela Acesa. Custei a sair dali depois, tentando passar despercebido pela orla da multidão em transe com a música dos rappers. Na próxima sexta-feira, dizia o cartaz, o grande encontro. Não sei se posso afirmar isso, mas pareceu-me mesmo que naquele momento cantava justamente meu vizinho, o jovem Vanderly. Ele parecia me olhar e até apontar em minha direção, enquanto cantava. Não parecia me incriminar, mas o olhar de algumas pessoas, seguindo a indicação de Vanderly, me fez sair dali apressadamente. Ainda assim, eu estava decidido a voltar.

Seguindo mais pessoas

* * *

*Eu teria matado aquele homem, se tivesse ali uma
arma, uma faca, um revólver, uma barra de ferro*

Numa manhã chuvosa e fria deixei meu quarto e saí para a rua.
Eu estava decido a voltar a procurar Isabel. Os acontecimentos
daquele dia, em sua casa, ocupavam meus sonhos, como um
pesadelo. Eu tinha que reencontrá-la, esclarecer tudo. Se ainda
soubesse rezar, rezaria para que tudo não passasse de um engano, um mal-entendido Era impossível tirar Isabel de minha vida,
de meus sonhos. Minha vida estava definitivamente ligada à sua
vida. E a morte, a morte também. Lá do casarão, Gabriel tentava descer um degrau com sua cadeira de rodas, procurando o
pequeno pátio ajardinado. De outras vezes eu o ajudei, deveria
ajudar naquele momento. Era o que o olhar de Gabriel parecia
dizer, sem pedir. Era hora de ajudar. Ainda mais que havia o perigo da queda. A cadeira poderia tombar com ele. Eu pensava
nessa possibilidade, mas nada de mudar de opinião. Eu não queria ajudá-lo naquele dia. Eu mesmo me desentendia com essa
recusa, éramos amigos, confidentes. Virei o rosto e saí, evitando
olhar para trás. A rua, toda molhada, me lembrava a canção que
ouvira na internet. Era um velho cantor. Mas não gosto muito
de música. A impaciência sempre me impedira de ficar, como

meus colegas, entregues às melodias e ritmos injetados diretamente em seus ouvidos. Mas essa música eu ouvi inteira naquele dia. Muita mágoa por ter perdido minha Isabel. Agora não chovia tanto. Eu resolvi caminhar, pensando em tantas coisas perdidas vida afora. Imaginei então as perdas de um cantor como aquele, com seus setenta, oitenta anos. Quantas perdas, quanta mágoa. Eu precisava reencontrar Isabel. Nosso encontro em sua casa havia começado tão bem, depois de todos os desencontros. Eu estava feliz, descobrindo que a garota não tinha culpa, que postara aquela foto deformada, com a cicatriz, para fugir ao ódio do pai. O pai não podia saber que ela usava as redes. Ia tudo tão bem entre nós, até o pai chegar, como aconteceu depois, destruindo tudo o que Isabel e eu havíamos começado. Toda nossa alegria. Em algum momento terei que contar. Posso dizer agora que o final de nosso encontro foi um desastre. Culpa de seu pai. Um desastre. Um pesadelo vergonhoso, daqueles que nem para os amigos podemos confidenciar. Uma chuva fraca, quase garoa, ainda persistia em molhar o chão. Criava novas poças d'água, "na rua uma poça d'água transporta o céu para o chão... espelho da minha mágoa..." Nunca fui romântico, nunca imaginei que pudesse gostar desse tipo meloso de música. Apressei o passo, determinado a procurar Isabel. Eu não podia aceitar o fim de nossa história, depois da alegria de nos descobrirmos, de perceber que nos amávamos. E perceber que amar era um sentimento que não se criava por vontade própria. Nem pode ser imaginado antes de se viver o próprio amor. Um sentimento inesperado, agudo, dominante, egoísta, que exige a vida integralmente vivida para ele. Viver sem Isabel passou a ser um sofrimento sem fim. Eu precisava encontrá-la. Primeiro passei pelo ponto de nosso frustrado encontro. Um desencontro infeliz, a banca de jornais, a padaria. Como esquecer? Ela com seus amigos, o olhar insistente, a calça jeans e a blusa branca solta no corpo. Na mão a minha foto impressa. Eu não podia entender, ela não podia ser Isabel. Era como um brinquedo delicado em contraste com a imagem que eu buscava. A moça de rosto deformado e com os filetes de sangue escorrendo por seu rosto trágico. O sofrimento lhe dava uma sensação de maturidade. Uma realidade. Mesmo assim aprendi a gostar da Falsa, sem cicatriz. Sem defeito no rosto, a beleza singela de menina suburbana. Deixei a banca de jornais e caminhei em direção à casa de Isabel. Estava decidido a ficar ali na rua, esperando. Um olho oculto, acobertado por algum muro, uma árvore, para esperar a chegada da garota. O tempo passou, a chuva passou, a tarde veio. Nada de Isabel, nenhum sinal de vida na casa. Mas eu havia decidido esperar, esperei. Ao cair da noite, um vulto foi se aproximando da casa. Meu coração parecia querer saltar do peito, a esperança de que fosse Isabel. Era o pai. Maldito. Bêbado como sempre, tropeçando nos próprios pés e abrindo o portão com dificuldade. Tive ímpetos de avançar contra ele, me contive. Maldito. Era melhor sair dali. Com altivez, saí de meu esconderijo e caminhei pela calçada, passando a poucos metros do portão. O homem ainda se atrapalhava para fechar o trinco. Não me contive, me aproximei. Deixa que eu fecho, senhor. O homem me olhava sem entender e empurrava minha mão, tentando impedir que eu o ajudasse. Eu fecho, resmungava ele. Eu fecho! Indiferente e controlando meu ódio, bati a mão fechada sobre a cabeça do trinco, destravando o portão. O homem me olhava com grande desconfiança. E subiu os degraus da escada sem parar de me olhar.

Eu o mataria, Deus do céu. Eu o mataria se tivesse ali uma arma. Deixei o homem e saí pela rua, atacado por um choro incontido. Nada é pior na vida do que a impotência diante da miséria humana. Somos humanos, somos humanos e isso deveria querer dizer que somos irmãos, que somos irmãos. E na verdade somos mais inimigos do que irmãos. Mais estranhos do que amigos. Mais odiados do que amados. Eu teria matado aquele homem, se tivesse ali uma arma, uma faca, um revólver, uma barra de ferro. Eu o teria matado. E Isabel, onde estaria? Depois de andar alguns quarteirões, com a noite fria e enevoada, vi que um novo vulto se aproximava. Baixei o olhar para o chão e o deixei passar. Não era Isabel. Do outro lado da rua, na mesma direção em que eu seguia, uma outra garota caminhava, protegida por um guarda-chuva apesar de já não chover. Eu a segui por um bom tempo, evitando que ela me visse. Não cheguei nunca a ver seu rosto, mas me fortalecia ver que minha presença a incomodava. Várias vezes dera olhadelas para trás, sei que não me via. Mudava de calçada, depois entrava numa travessa, voltava para a primeira rua. Eu não a perdia de vista. Era o exercício de meu longo aprendizado de como seguir as pessoas sem ser visto. Um vozerio crescente parecia indicar o destino daquela garota. Uma festa. Ela correu, ansiosa por entrar. E eu passei, observado por uma dezena de jovens. Uma festa de aniversário. Eu poderia entrar, perguntar qualquer coisa, falar de um amigo que me convidara. Comer alguns doces, experimentar o bolo. E, sobretudo, ver de perto o rosto da garota que segui pela rua. Mas nada disso me atraía. Bastava ter seguido uma pessoa, sem ser visto, colocá-la sob um risco invisível, em que eu poderia ser a ameaça. A sensação de poder, de ser uma sombra, tanto me exaltava quanto incomodava. Caminhar no mundo como uma ameaça invisível, mesmo que a ameaça nunca se realizasse. O poder sobre o outro, uma verdade que se sobrepõe a qualquer outro sentimento. Uma força capaz de subjugar, de submeter o outro à sua vontade, sem que o outro sequer suspeitasse de sua existência. Que fragilidade humana! Depois dessa experiência sombria, andei seguindo pessoas diversas pelo bairro. E até mesmo pelo centro da cidade, ruas onde milhares de pessoas parecem deslizar pelo asfalto. Segui homens e mulheres no metrô, em shoppings, acompanhei pessoas até seus trabalhos ou festas. Participei de cerimônias de casamento, batizados, ao lado de minhas vítimas. Nosso bairro agora vivia sob alguma espécie de terror. Uma ameaça invisível. O medo de algo indefinível, como uma sombra que os seguia sem ser vista. O terror. Era eu esse terror.

O soldado, eu o segui de novo

* * *

*O algoz deve agir sem esperar que seu
gesto tenha qualquer explicação*

A imagem do Cabo Davino tremulava no espelho. Incerta, diluindo-se nos reflexos de meu quarto. Parecia finalmente ir embora. Quem sabe descansar de suas memórias, o peso das lembranças de suas tarefas nesse mundo. O cabo ainda se esforçava, eu precisava que ele apontasse o caminho para mim. Se eles me pegarem depois... Firmei o olhar no espelho, retendo a fuga de meu padrinho. E recomecei, respondendo à primeira pergunta nesse interrogatório imaginário. Ele foi o primeiro?, quis saber Davino. Sim, o primeiro. E depois... Sim, sim, depois... Depois...? Interrogatórios são tão inúteis e ainda por cima nos ofendem. Importa pouco você gostar ou não deles. Serão realizados. Para que dizer tudo isso? Uma literatura burocrática para redimir os que interrogam. E aprisionar ou libertar quem eles querem. Mas não se iluda, eles não vão querer você. Sim. Cumprem suas tarefas até o fim, aprisionando os interrogados nessa lógica circular de os conduzir ao abismo. O senhor tem obsessão por abismos. Vivemos em abismos, cada um com o seu. Complete o que ia dizendo. Não vou dizer o que fiz, vocês já sabem. Então escreveremos como quisermos. Ah!, serão

– 133 –

elogiados pelo juiz e é isso o que conta. O senhor disse que um dia seguiu aquele homem. Já pedi, não me chame de "senhor". Sou mais novo do que vocês! Está bem, rapaz, você disse que um dia seguiu aquele homem. Disse. E seguiu? Segui. Quando? Naquele dia. A morte do soldado... Sim, se é o que está querendo escrever, escreva. Você o seguiu com intenção de... de matar? Não. Talvez ele tivesse a intenção de morrer. E não era a intenção? As experiências mais fortes não são as que programamos. A morte, então, foi um acidente, um erro? Isso me ajudaria? O senhor está bem encrencado. Ah, esta é uma palavra forte. Está bem, o senhor o seguiu sem a ideia de matar. Então... Eu queria saber. Saber o quê? O que era ele, o ser sob a farda. E já não sabia que era o soldado do Segundo Regimento, órfão, abandonado e criado por uma empregada doméstica, trinta e oito anos? Isso não é saber. A imagem de Davino tremulava no espelho, fugidia. Irritava-se, já que eu o obrigava ao papel de interrogador. O que é então esse "saber"? Ver como respirava, como andava, que cheiro tinha, com quem conversava. De que coisas gostava, como tomava seu banho. Mórbido, sentenciou Davino, sem conseguir conter a torrente de meus pensamentos. Eu queria saber tudo dele, sua pele, seu corpo, o peso. Coisa que você só podia saber com ele morto, interveio o Cabo. Pesava mais do que eu, oitenta quilos, talvez. Morto? O demônio que o habitava não tinha peso. Demônio? Não... não um demônio como vocês pensam. Então... Seu jeito de viver. Como era? Ele era um soldado. Os outros são suspeitos. Ou bandidos. De suspeitos passamos a caças, como na cadeia alimentar. Eles aprendem a se defender. É um dever da profissão. Ah, nada profissional. Deixam sim de ser humanos. Por isso "demônios". Hum... Então você o seguiu para ver... Sim, ver o que era diferente nele. E então? É desconcertante. Desconcertante? Pois ele era um soldado, com sua farda e sua arma. E usava de seu poder para oprimir, explorar a mãe de Gabriel e sua irmã. Eu assistia a tudo em silêncio, sem nada poder fazer. Você fala de Luciana, mas, na verdade, pensa em Isabel, provocou Davino. Era a revelação de meu sentimento de ódio naquele instante. Davino tinha razão, mas eu resistia. Você poderia ter denunciado o pai da garota. Luciana? Não, Isabel. Eu me irritava com Davino. Não me fale de Isabel. O próprio pai, insistiu o Cabo, com a própria filha! Eu não posso dizer nada, eu não vi nada. Mas ouviu, percebeu. Eu não ouvi nada, está entendendo? Eu não disse isso, proíbo que alimente ainda mais meu ódio. O Cabo, em sua expressão demoníaca, não atendia mais aos meus desesperados apelos. E seguiu martelando meu ódio. Ela é menor, então o pai cometia um crime. Eu silenciei, no limite de minhas forças, buscando algum equilíbrio. Sabia que minha vida rolava pela ladeira rumo ao desastre. O Cabo voltou a falar do soldado. Com Luciana não haveria crime, ela é maior, disse ele. Eu o segui, disse eu, aliviado por deixar de falar de Isabel. O soldado?, quis saber o Cabo. Sim, o soldado. E o que viu de errado ao segui-lo? Nada, nada de errado. Nada? Nada. Mesmo assim, vai matá-lo.

Nada de errado

* * *

*Afirmar-se como exato, inquestionável,
torna um homem duvidoso*

Cada pessoa tem muitas vidas. Cada gesto iluminado tem o lado sombrio que o gesto oculta. Cada sorriso tem o amargor do que ficou. Todo grito carrega consigo um rol imenso de silêncios. Cada gesto de coragem apoia os pés e salta impulsionado por instantes de medos e covardias. Não é no cotidiano que o homem se revela, é ali que se oculta. Não é na alegria que o artista se realiza. Não é na iluminação que vemos melhor o mundo. Somos todos o desafio de ser uma unidade para nós e tantas outras para o mundo. Serão tantas quantos forem os olhares que buscam nos entender. Há sim uma fantasia do que somos. Engano de tolos que beijam santos e acreditam nos milagres. Tomam-nos pelo que aparentamos ser, uma fantasia que leva nosso nome. Um gesto fácil que se cristaliza, um sorriso falso de fotografia, a forçada delicadeza. Até mesmo um certo espanto em nosso olhar. Somos um tipo de sapato, um penteado, o ímpeto de um abraço, um interesse, um cumprimento estilizado, um tom de voz. Uma roupa, uma batina, uma beca, uma farda. Uma cultura, mais do que um ser. Segui aquele homem tantas vezes, buscando entender nem eu sabia o quê. Da primeira vez, descen-

do a rua vagarosamente, onde se escondia na escuridão. O soldado ia à frente, o corpo muito ereto, como se obediente às regras
ditadas aos gritos por seu imaginário sargento. Atravessava as
ruas entre carros, eventualmente atraído pelo risco. Ou, quem
sabe, testando o medo imposto por sua farda. Olhou tantas vezes para trás, evidentemente temia ser seguido por inimigos reais
e imaginários. Nada via, mas isso não o aliviava, precisava repetir
a busca a cada instante. O viés profissional dissimulava o medo
que o poder lhe dava como troco. Afirmar-se como exato, inquestionável, inatingível, torna um homem duvidoso. Por toda
a rua a vida se expunha sem saber de nada, nem de mim nem
daquele que eu seguia. O cotidiano. O mundo parecia seguir no
tempo como uma infinidade de linhas que se cruzavam a todo
instante. Não temos caras nem fardas, nem seguimos nada, somos ninguém. Encostado a uma casa antiga, um casal se abraça-
va em seu próprio mundo de carinhos daquele instante. Ele sério, o olhar fixado no rosto da namorada. De sua boca exalavam
sussurros de prazer. Banalidades que os faziam rir. O soldado
desviou o olhar e virou a esquina. O rosto ainda girava para uma
última olhadela de segurança. Eram gestos programados e con-
dizentes com sua farda. Nada via, não percebia que era seguido.
Mas eu insistia, apressando os passos com medo de perder de
vista sua imagem. Não podia deixar escapar nada daquele que eu
perseguia. Nenhum gesto, nenhum olhar, nenhuma de suas in-
decisões, nenhum de seus passos. Nada podia escapar. Era como
se eu anotasse tudo em um caderno. Uma grande quantidade de
informações sobre aquele ser que eu acompanhava em minha
invisibilidade. Anotações que depois, se eu assim quisesse, poderiam ser computadas, jogadas num processador. E assim recons-

tituir aquele ser maldito. Eu o teria em minhas mãos, indefeso, para fazer dele o que eu quisesse. Aos poucos as ruas iam escurecendo, tomando o aspecto sombrio das noites nas periferias das grandes cidades. Perseguido e perseguidor teriam caminhado quinze ou vinte minutos. Ou meia hora. Ou horas inteiras, já sem noção do tempo em que nos víamos tomados, cada um a seu modo, pela fuga e pela busca. Enveredamo-nos por ruas e mais ruas, vielas, casas amarelecidas, sem cuidado e sem graça. O asfalto ralo tomado pelas crateras. O homem de farda caminhava com familiaridade, evitando buracos, buscando os pontos de luz. Eu, seu perseguidor, me ocultava nos cantos escuros do caminho. E seguia sem ser visto, escapando às frequentes viradas de rosto do soldado, sempre imprevistas e ágeis. Estava claro que ele procurava surpreender algum eventual perseguidor. Era preciso seguir sempre, sem perder de vista o alvo, o objeto a ser seguido. Observar tudo em detalhes, gestos, passos, acenos a conhecidos. Reconhecer nele a força e o medo de ser seguido. Um outro vulto escapou da sombra de uma árvore, surgindo repentinamente diante do soldado. O homem parecia envolvido num grande casaco. Isso o tornava muito grande para os olhos sensíveis de quem caminhava já na meia escuridão. Seria de se esperar uma reação de medo, a mão no revólver. Mas não, o soldado apenas se desviou, respondendo com um aceno amigável ao pedido de uma moeda. Era preciso evitar um encontro com esse fantasma. Desviar-me com agilidade e precisão, buscando justamente a sombra de onde saíra aquele vulto cambaleante, bêbado. O estranho seguiu seu caminho sem nada notar, resmungando que nada lhe davam. Queria apenas alguns trocados para comer, nada mais. Poucos passos depois do encontro, o soldado atravessava a rua. Dava a impressão de que entraria numa casa simples, de alpendre iluminado. Um homem de meia idade e uma mulher mais velha conversavam ali, sentados em cadeiras simples. Diante deles, um banquinho, um prato com o que pareciam batatas fritas. Uma conversa animada, diálogos embaralhados com a música, muito alta, do volumoso rádio portátil. O soldado se aproximou, acenando com naturalidade. E o velho o convidou para o banquete de fritas. A mulher queria saber quem era, é Bruno, disse o homem. O soldado entrou, experimentou as fritas, abraçou o velho com intimidade. Difícil entender o que falavam. Difícil decifrar um diálogo perdido entre a escuridão e o palavreado musical do sertanejo com suas dores. O soldado tirou do bolso um pequeno pacote que entregou à mulher. Impossível saber de que se tratava. A mulher se levantou, abraçou o soldado, agradecida. E tratou de abrir o pacote, exibindo um objeto metálico ao seu companheiro. Abraçou de novo o soldado. Seria preciso saber o que era o objeto. Era preciso saber tudo. Nada daquele homem podia escapar à minha busca de algum entendimento sobre ele. Tinha que ser assim, para compreender o que nem eu sabia o quê. Desvendar esse mistério sombrio que inundava a casa de Gabriel com o fantasma do medo e do desconhecido. E que desgraçava uma família, destruía sua irmã. Não podia ser um homem comum, não podia. Em seus gestos usuais, em suas amizades, em suas caminhadas, suas falas, haveria de ser possível desvendar seu mistério. Revelar sua verdadeira face, sua realidade demoníaca. A mulher agora agradecia e agradecia, repetitivamente, exibindo o objeto para seu companheiro. E abraçando o soldado. Era preciso me aproximar mais para ouvir, para ver. Decifrar o significado desse encontro aparentemente tão

– 140 –

simples. Toda simplicidade intriga, como se tudo devesse ser mais difícil de compreender. Era preciso saber o que era aquele objeto. Caminhando rente ao muro, buscando a maior escuridão, consegui chegar mais perto da casa de alpendre iluminado. O soldado já se despedia. Levava na mão esquerda um punhado de fritas. A outra, a mão direita, profissional, repousava sobre o revólver 38. Por um instante desejei que ele me visse, que sacasse a arma, um embate que terminasse com tudo. Era preciso esperar. Aproveitar a ausência do soldado para saber mais do próprio casal do alpendre iluminado. O homem se assustou com minha súbita chegada. Mas acalmou-se por conta própria, diante de meu gesto amigável. Eram pessoas simples, sem medo de estranhos. Nada para roubar aqui, poderiam dizer. Um casal de velhos combatentes da vida. Aposentados, vivendo em paz o que restava de suas vidas, com os parcos recursos de suas aposentadorias. Como se isso bastasse para que soubessem quem era ele, quem era a mulher. Bastava isso. O que mais poderiam dizer a um estranho sobre suas vidas? O soldado? Um amigo, nos trata tão bem, nada que o pudesse desabonar. Tem mulher, filhos pequenos, protege os amigos, persegue os malfeitores. O objeto metálico nada mais era do que os óculos novos da mulher. Nem metálico era, na verdade, uma pobre armação de plástico pintada em cor metálica, revelando sua miserável encenação. Nada mais. Era preciso sair, reencontrar o soldado em sua caminhada. E escapar do envolvimento constrangedor com aquele casal tão simples. Pessoas comuns, donos de verdades tão irrisórias quanto os parcos reais que os satisfaziam. Vidas de algum encanto que abalava a alma do perseguidor. Tinha poesia o bucólico de uma varanda iluminada, numa rua escura de periferia.

Todo demônio tem sua família

* * *

*Quem era realmente esse homem, o que pensava, o
que sentia, o que ocultava nessa face sem expressão?
E por que me deixava tomar por tantas perguntas,
essa ânsia de entrar no âmago do inimigo?*

O soldado havia se distanciado, me obrigando a acelerar os passos. Ali estava ele, não tão longe, já que caminhava sem pressa,
de um lado ou de outro da rua. Esperto, buscava os clarões de luz
dos postes. Logo se virou, entrando pelo portãozinho de ferro
que gemia demoradamente. Minha curiosidade de perseguidor
acelerava meu coração. Quietude incômoda, o som das fortes
batidas que poderiam até ser ouvidas pelo soldado. Mesmo assim me aproximei o mais que pude, protegido pela escuridão. A
luz da entrada da casa iluminava o rosto do soldado e ele parou,
cuidadoso. O olhar varrendo os arredores. Por instantes, parecia
olhar para seu perseguidor. Estaria mesmo me olhando, cien-
te da perseguição e também do perseguidor? Caça e caçador,
num jogo de risco e sedução que fazia daquele momento um
acontecimento único. Como numa guerra entre dois caminhos
possíveis daquele encontro. A conciliação ou a guerra, a amizade ou o ódio. Sentimentos contraditórios que se mesclavam
na emoção de cada um dos contendores, incapazes de definir o
que sentiam naquele instante. O rosto do soldado, à meia luz,
parecia excessivamente duro, determinado, sem emoção. Quem

era realmente esse homem, o que pensava, o que sentia, o que ocultava nessa face sem expressão? E por que tantas perguntas, essa ânsia de entrar no âmago do inimigo? Uma busca incompreensível, mas que dominava minha vida de perseguidor. Para odiar meu algoz, eu precisava saber o quê, quem estaria perseguindo. Saber qual a sua essência como ser humano, objeto de minha obsessão. Seria isso? Matar? A pergunta angustiava mais, com a certeza de que não haveria resposta alguma. E se for isso, a morte, o desígnio final, e dele já for impossível escapar? O algoz deve agir sem esperar que seu gesto tenha qualquer justificativa. Que sua consciência se aplaque depois, com qualquer explicação do significado exato de seu gesto. Ou simplesmente por aceitar que não haveria explicações para essa compulsão. Tudo feito, tudo viverá para sempre em sua consciência, como um salto sem volta, o horror. Um e outro poderiam estar tomados pelo mesmo espanto e o medo de que o próprio medo os paralisasse. Se saíssemos subitamente do torpor que nos dominava. Se avançássemos poucos passos um em direção ao outro. Se as mãos enfurecidas despejassem todo o ódio e todo o medo que emoldura o horror. Se repentinamente perseguido e perseguidor se reconhecessem como inimigos de morte, dois lados da mesma moeda. E se então o destino exigisse de nós a decisão de quem deve morrer, quem deve viver, quem deve matar. Se aquele instante se congelasse no tempo e nada mais fosse possível fazer até que o sangue manchasse tudo, porta, jardim, portão. E se nada disso acontecesse, se os olhares apenas resvalassem as figuras ocultas um do outro. Se a vida seguisse seu rumo, indiferente à loucura humana. A natureza não navega em hipóteses, segue seu próprio caminho, indiferente à agonia dos pensamentos. O soldado finalmente entra em sua casa, aliviando seu perseguidor. Se o portão não rangesse tanto, seria possível me aproximar, depois que o soldado desapareceu. Lá de dentro os débeis latidos de um cãozinho. Era possível imaginar tudo. O latido denunciava um pequeno poodle, tosado ao gosto feminino da mulher do soldado. A repetição dos latidos incomodava, como uma devoção sem limites ao demônio que eu buscava compreender. Mais do que tudo, era preciso encontrar a maneira de imaginar meu inimigo naquela cena familiar, afagando seu cãozinho. Recebendo dele o amor incondicional e sem críticas. Era preciso manter acesa a chama do ódio que eu procurava alimentar, temeroso de que tudo aquilo me esmorecesse. Tampei os ouvidos com as duas mãos, o medo de enlouquecer. A alegria do animalzinho, certamente sob os afagos do demônio, parecia incompreensível. Atingia minha alma, feria minha consciência, pressionava meu peito ofegante. Uma perigosa e sofrida mescla de ódio e incompreensão. O cãozinho silenciou, e a luz se acendeu, iluminando as frestas de uma das janelas. Hora de entrar, de saltar o portão de ferro, evitando o ranger de suas velhas e enferrujadas dobradiças. A ânsia de ver tudo, de entender tudo. Um sentimento estranho, como uma cartada final. A busca de um alvo, de uma razão para agir. Compulsão da qual já não podia me livrar. O esforço de ver e de ouvir me sufocava, rejeitando qualquer limite, qualquer temor. Ver além das coisas, além da luz, ouvir além do som. A imaginação criava figuras, ações, luzes, acontecimentos, perigos, medos. A imagem do casal se embaralhava em minha mente de perseguidor, os olhos em fogo. Quanto tempo devo ter ficado assim, os músculos retesados e doloridos, como um animal prestes a atacar sua vítima? Pondo em risco minha

— 145 —

segurança, coloquei-me junto à janela do quarto. Precisava ver o interior da casa, ver o rosto da mulher cuja voz agora podia ouvir. A voz amável, quase um silêncio. Os ruídos indicavam que ela caminhava pelo quarto. Abria gavetas, arrumava a cama. Num certo momento o som de afagos, os murmúrios. Estariam se abraçando, como qualquer casal. Era preciso me arriscar mais. Ver quem era a mulher. Encostando um dos olhos na maior das frestas, finalmente foi possível ver os dois vultos. Peças incompletas que só a imaginação poderia completar. Braços, cabeças, pernas, roupas, suspiros. Não era Luciana. Não era a irmã de Gabriel. Maldito soldado. Precisaria agora de outra razão, sob o domínio incontrolável de meu corpo rumo ao abismo da morte, cego e surdo diante de qualquer razão. Repentinamente um ruído e a voz de alguém cantarolando pela rua. O cãozinho reagiu, voltando a latir, agora com raiva. Fugir! Agora era o próprio corpo a exigir a fuga, escapar do ataque da própria vítima. A luz da área de entrada voltou a iluminar o jardim e o portão, obrigando o perseguidor a uma fuga repentina e selvagem. O salto quase impossível sobre o portãozinho de ferro. A busca da escuridão da rua esburacada. Ali eu já podia ver e identificar o vulto inesperado que interrompera minha loucura. O bêbado. O mesmo bêbado que encontrara poucos minutos antes, ao deixar a casa de alpendre iluminado. Desviei-me dele, tentando fugir, antes que o soldado chegasse ao portão. Maldito bêbado! Vinha com uma garrafa na mão direita. Ameaçador, cercava a rua com seu corpanzil. Na mão esquerda um pedaço de pão já corroído. Pedia uma esmola, insistente, ameaçando impedir minha fuga. Contraditoriamente me oferecia a garrafa e o pão. E sorria amigável, ao mesmo tempo em que impedia minha fuga.

– 146 –

Uma brincadeira de crianças. Gritava, às gargalhadas, que estava bêbado sim. Como não beber, se minha casa está tomada por aquela mulher briguenta e feia? Vamos festejar! Lá em casa seis crianças famintas querem meu pão. Mas eu não darei meu pão para aqueles miseráveis. Nada os sacia, nada mata sua fome! De qualquer maneira morrerão de fome. Não, eu não darei meu pão para filhos famintos, eles que morram! De que adianta dar um pão para bocas eternamente famintas? Nada, pão algum poderá matar a fome dessa gente! Gritava seu desespero para que todos ouvissem, como uma vingança. E arremessou a garrafa contra mim, o estranho, já em fuga. Depois correu a buscá-la, aos prantos. Isso me deu a chance esperada para que escapasse, um segundo antes de o soldado surgir no portão com sua arma em punho. O bêbado, é apenas o bêbado o que o soldado vê. O bêbado com sua ladainha chorosa e sua vida miserável.

Quase, quase

* * *

*Era apenas um soldadinho, com sua vida de mesquinharias
e tapeações. E mesmo assim você quis matá-lo*

Muita sorte, resmungou a imagem trêmula do Cabo Davino em meu espelho. Não sei, disse eu, pode ter sido azar. A imagem fantasmagórica do Cabo Davino parecia se reanimar com a narrativa da perseguição. Sorria e os gestos descontrolados chegavam a fazer vibrar o espelho. Nem percebia que ele próprio se desfazia lentamente, como se minha imaginação já o dispensasse como confidente. Nesse descontrole, incapaz de compreender, gritou. Azar? Sim, disse eu. Quem sabe um encontro ali não teria sido melhor. Mas ele estava armado! Sim, mas sei que teria medo de mim. Ele, medo? Sim, medo. Um homem armado é sempre um homem medroso. Eu teria que enfrentá-lo com minha fúria, nada mais. Você o odiava? Não sei. O que é o ódio? Se não sabe é porque não experimentou ainda esse sentimento. Vocês, do passado, simplificam demais as coisas. Por exemplo, podem chamar o que eu sentia ali de ódio, apenas. Simples demais. Você queria matá-lo, mas teria coragem? A coragem é filha da necessidade. Queria? Não sei bem. Eu queria odiá-lo. Queria vê-lo como um demônio. Um inimigo, com todas as cores e expressões do que poderia ser um demônio, um inimigo. Mas encontrou um ser humano comum, com amigos, mulher, e até um cachorrinho que o adorava. Não via vantagem em matá-lo. Davino se mostrava sombrio, a fala parecendo dirigir-se a ele próprio. Ao contrário do que aconteceu comigo, murmurou. E com meu matador, Jafé. Sim, o homem de um braço só. Eu era um presente caro para ele. Me matar era uma prova de coragem e determinação. E daria a ele o meu lugar no mundo. Nada a ver com esse soldadinho, com sua vida de mesquinharias e tapeações. E mesmo assim você quis matá-lo. Eu não quero arrependimentos, Davino. Não quero ouvir, nem falar, nem pensar!

O terror mora em nossas casas

* * *

A verdade sobre o encontro com Isabel

Chegou a hora de contar meu encontro com a Falsa Isabel. Tudo se passou como uma nova descida ao meu abismo. Contei antes que estava com ela dentro de sua casa, quando chegou seu pai. Eu e Isabel, sim, agora voltei a chamá-la de Isabel, estávamos nos aproximando. Havia uma atração evidente entre nós. Ela revelava uma alegria incontida, muitos sorrisos que não conseguia disfarçar. Dava-me a impressão de uma garota solitária que se atrapalhava no esforço de se mostrar espontânea, divertida. Eu também fui desarmando minhas defesas, divertindo-me com o teatrinho de Isabel. Ela me serviu um café frio, que ela mesma experimentou e correu para jogar fora na cozinha. Rimos os dois, estávamos repentinamente à vontade, felizes. Esquecidos de nosso desencontro da primeira vez. Eu quis saber por que ela usava aquela foto com cicatriz em sua página na internet. Por causa de meu pai, me disse ela. Ele não pode saber que tenho uma página na internet. Qual o problema? Ela me olhava fixamente, como se pedindo que eu compreendesse. Ciúme... Ciúme? Por favor, pediu ela. Como um pai pode ter ciúme de sua filha? Por favor, insistiu ela. E sua mãe? Eles se separaram, ela não vive mais no Brasil. E você não fala ou escreve para ela sobre isso? Eu não tenho coragem. Então imagino também que seu nome verdadeiro não é Isabel. Qual é o nome verdadeiro? Não houve tempo para uma resposta. Os latidos de um cachorro da vizinhança fizeram Isabel se levantar, desesperada. Meu pai!, disse ela. Meu pai não pode te ver aqui! Estava transtornada, sem saber o que fazer. Logo escutamos o som da batida do portão sendo fechado. E os passos na escada de entrada da casa. Isabel me puxou para trás de um móvel no canto da sala, onde eu ainda pude ver a foto de um casal se beijando, imaginei que seriam os pais de Isabel. O homem entrou repentinamente na sala. Parecia bêbado. Onde está você, menina?, gritou, enquanto jogava sua pesada pasta de couro sobre a mesa. Minhas pernas tremiam e o coração parecia querer saltar pela boca. O homem aparentava não mais do que cinquenta anos, apesar da decadência. A barba por fazer, a roupa descuidada. Fiquei imaginando o que haveria naquela pasta de couro estufada e envelhecida. Em que trabalharia? Isabel disse alguma coisa de seu quarto, cuja porta dava diretamente para a pequena sala. E o homem se encaminhou para lá. Entrou e bateu a porta do quarto, com fúria. Eu saí de meu esconderijo, dirigindo-me para a porta de saída da casa. Apressadamente, ainda abri a pasta para examinar o que havia dentro. Papéis, muitos papéis de cobranças, acordos, documentos. Fechei a pasta e abri a porta para sair. De dentro do quarto vinham as vozes desencontradas de pai e filha. O homem gritava com Isabel, pedia explicações. Chorando, ela dizia coisas que eu não conseguia entender. A voz do pai soava como uma ordem. "Vem aqui, vem aqui!" Desorientado, febril, voltei para a sala e encostei o ouvido na porta do quarto. Eu não conseguia entender o que diziam. Vozes, gritos e choro misturados como um espetáculo tenebroso, murmúrios abafados e gritos terríveis na escuridão. Repentinamente, o silêncio. Nenhuma palavra mais, nenhum grito, nenhuma voz. O silêncio parecia pesar ainda mais sobre meu peito. Transtornado, forcei o trinco para abrir a porta. Trancada, a porta estava trancada por dentro. Temeroso de que meu gesto atraísse a atenção do homem e ele saísse repentinamente do quarto, atravessei a sala desesperadamente. Bati a porta de saída atrás de mim, desci a escada e, com um só pulo, saltei o portão. Não vi mais minha Isabel até o dia final.

Sexta-feira

* * *

Matar um homem é também matar um pouco de si mesmo

Numa sexta-feira foi a última vez que segui o soldadinho. Desta vez levei Gabriel, empurrando sua cadeira de rodas. Apesar de ter programado levá-lo, eu o alertei do risco. Mas Gabriel insistiu. E insistiu também que era chegada a hora. Não suportava mais ver aquele demônio frequentar sua casa, como se nada estivesse errado. E não suportava mais aquele olhar distante e o sorriso de vitória com que o soldado se despedia. Tudo de acordo com o que eu planejara para aquela sexta-feira, sem nada dizer a Gabriel. Nós nos preparamos e saímos em sua perseguição logo que ele deixou a Vila. Sabíamos que naquele dia, uma sexta-feira, ele ficaria com a família. O homem andava à nossa frente como uma pessoa qualquer. Cumprimentava amigavelmente as pessoas, sorria, acenava, parecia feliz. Era difícil acompanhá-lo, empurrando a cadeira de rodas de Gabriel. Quando o soldado se distanciava, Gabriel se agitava na cadeira, impaciente. Sua pressa me incomodava. Eu acelerava o passo, fazendo a cadeira pular com as rodas nos buracos, nas pedras. Seu eu estivesse sozinho, tudo seria mais fácil. Mas não teria lógica, eu precisava dele. Precisava dele até o fim. Eu olhava para a expressão de ódio de Gabriel e lembrava-me de Davino. E da história de Gabriel, acompanhando-o nos últimos assassinatos. Deveria ser sofrido, viver tanta violência. Como imaginar uma criança como assistente de todo aquele horror? Mas nada me incomodava mais nesse mundo. Nenhuma dessas histórias que eu sabia serem absurdas. Seriam verdadeiras? Pensei em minha infância, a cidade do interior, as brincadeiras ingênuas, cowboys, super-homens, tarzans, pescarias. Parece incrível, mas eu ainda me emocionava ao relembrar esse passado tão inocente, tão distante no tempo. Pois agora eu seguia uma trilha miserável, dominado pela falta de saídas. Empurrava uma cadeira de rodas como se empurrasse minha própria vida para o abismo. Sem volta. Guiava-me o ódio de meu companheiro. Mais depressa!, pediu Gabriel. Acelerei o passo, a cadeira saltava como um animal vivo diante do perigo. O homem parou num bar. Eu e Gabriel o observávamos escondidos detrás de um carro estacionado. O homem tinha muitos amigos, bebiam cerveja falando alto. Riram muito até que o soldado deixou o bar num silêncio revelador. Riem porque têm medo, murmurou Gabriel. Era um cotidiano, nada mais do que eu já havia visto. Tudo agora tinha outro sabor, como o interesse em acertar o alvo, não mais só enxergá-lo. O soldado caminhava rua abaixo. Nós o seguimos até à casa onde morava. A dificuldade em andar e permanecermos ocultos tornava a perseguição mais perigosa, tensa. Alguns quarteirões depois, reconheci a casa onde morava com sua família. Tive que apressar o passo para que Gabriel visse a mulher e as duas crianças que vieram receber o homem com festa. Do outro lado da rua nos ocultamos atrás de uma velha van adaptada como bar. Parecia abandonada, suja, enferrujada. O soldado entrou com as crianças, a mulher o beijava. Uma maldita cena familiar, como outra qualquer. Gabriel me olhava com seu olhar de ódio. Parecia me perguntar quando agiríamos, quando tudo aquilo teria um fim. O cachorrinho latia muito, gania de alegria. O soldado ralhou com ele. E depois saiu. Já de fora, parecia outro, certificando-se de que ninguém o observava. Incomodado, virava o rosto de um lado e de outro. Eu sinalizava a Gabriel que não falasse, que não se mexesse. Nada que pudesse provocar um ruído nas rodas de sua cadeira. O olhar de Gabriel exibia seu ódio àquele homem, com sua vida tão comum, familiar. E eu me sentia tomado por esse ódio. O soldado então desceu mais algumas quadras, sempre verificando se não era seguido. Tivemos que esperar que ele se distanciasse e só depois saímos. Caminhávamos rente ao muro, protegidos pela falta de iluminação da rua. O homem parecia incomodado, olhando nervosamente para todos os lados. Como se nos procurasse. Eu achava que ele sabia que estava sendo seguido. O instinto. O soldadinho agora era um animal perdido no terreno do inimigo. Depois de andarmos vários quarteirões, ele parou diante da pequena casa com ar de abandonada. A pintura descascada, o portão amarrado com uma corda. A mesma que eu já conhecia da primeira vez que o segui. Ele parecia tenso, olhava repetidas vezes para os mesmos lugares. Quem sabe tentando surpreender quem o seguisse. Finalmente entrou. Deixei Gabriel protegido pelos restos de um muro caído e fui até à porta. Dali pude observar o interior da casa por uma fresta. Lá dentro, em seu ninho de amor, o abismo maldito. A mesma cena, uma cama, flores, bebidas. O soldado passou pela sala, mexeu no porta-retratos que a enfeitava, virando a imagem em minha direção. Um retrato dele com uma garota que agora eu podia ver. Luciana, a irmã de Gabriel. Deus do céu. Será que o maldito sabia que eu estava ali, que o perseguia e que eu o mataria, se conseguisse forças para tanto? E Luciana estava lá, na cama larga do único quarto da casa. Um grande espelho na parede me permitia ver o interior do quarto. Da mesma maneira que o soldado podia ver a porta de entrada da casa. Sim, ele podia me ver. Luciana não parecia triste, sorria e abriu os braços para ele. Eu pensava em Gabriel, preso à sua cadeira de rodas e atormentado pelo destino da irmã. Percebi que Luciana me viu, fixando o olhar por alguns segundos. Acenava repetidas vezes que não, que não. Temia o que eu planejara fazer. Seu olhar me perturbava, contrariava minha certeza de que aquele homem a obrigava a ser sua amante. Fui surpreendido com um inusitado movimento à entrada da casa. Era Gabriel, sem a cadeira de rodas, arrastando-se pelo chão. Tentava desesperadamente chegar à porta. Eu o ajudei, pedindo silêncio. E o carreguei até onde ele podia olhar também pela fresta. Luciana nos olhava fixamente. Sem expressão alguma, sem alma. Apenas repetia infinitas vezes o gesto que não, que não, que não, embaixo do homem deitado sobre o seu corpo. Aquilo doía e instigava o ódio de Gabriel. Ódio que ele tratava de repassar a mim pela expressão de dor que transmitia seu olhar, como uma cobrança, uma ordem. Eu me sentia febril, descontrolado, mergulhado numa noite de desentendimentos. Uma batalha entre meu corpo e a alma dilacerada. O soldado agora era apenas um alvo, um inimigo. Nada mais. Girei a maçaneta e a porta se abriu, sem trancas, sem chave. Repentinamente o soldado se virou para mim, expondo um sorriso de escárnio. Desdenhava de minha decisão de matá-lo. Claro que sabia que eu estava ali, desde que cheguei. Sabia que eu o estava perseguindo. Sabia que não era outro o meu propósito a não ser matá-lo. Eu só não esperava encontrá-lo com Luciana. Isso dificultava tudo, colocava Luciana na mira do ódio do próprio irmão. O espanto durou apenas um instante. O tempo em que o soldado podia reagir. Mas não, ele não reagia. Olhava-nos com aquele mesmo sorriso irritante, de vitória, que tanto incomodava Gabriel. O soldado pensava que podia me dominar apenas com o desdém do olhar. Eu tinha a corda, arrancada do portão ao entrar na casa. Ele tinha a arma. Mas eu o surpreendi. E surpreendi a mim mesmo também, tamanha a força com que agi. Ele não esperava. Nem eu. Deixei Gabriel caído ao chão e avancei sobre o soldado, alçando seu pescoço com a corda que havia tirado do portão. Luciana se desesperou, vendo que eu matava seu amante. E passou a me agredir, gritar. Não parecia mais uma garota, não parecia mais a doce irmã de Gabriel. O próprio Gabriel, que se arrastava pelo chão, cobriu sua boca para que não gritasse. Ela mordia suas mãos, tomada pelo desespero. Exibia uma força que obrigava Gabriel a apertar ainda mais seu abraço de morte. Eu estrangulava o soldado, torcendo a corda que envolvia seu pescoço. Calmo, sem medo, sem pressa. Sentia nas mãos aquela vida se esvaindo. E me lembrava de Davino, o Cabo, liquidando suas vítimas. Imagino que seja sempre assim. Quem mata desafia o Universo, assume um poder que só a ele, ou ao tempo, caberia exercer. Só depois, passados alguns minutos em silêncio, voltei a atenção para Gabriel. Ele havia se arrastado para um canto da sala, encostado à parede, deixando o corpo inerme de Luciana. Não era o que eu queria, mas sabia que Gabriel planejara tudo aquilo. O que ele não sabia é que eu já não lhe obedecia, tinha meus próprios planos, já era senhor de muitos de seus segredos.

A descoberta

* * *

Quantos faltam ainda para matar?

Vendo minha vida passar, como um filme, tudo agora parecia chegar ao fim. Eu me tornara, finalmente, um assassino. E não pensava em impor limites ao meu destino. Não haveria mais vida pela frente, nada que pudesse fazer voltar o tempo. Eu estava apenas terminando de cavar meu próprio abismo. Cheguei a rir de lembranças ingênuas, a infância livre, as pescarias com meu pai, nadar em córregos, brincar de pique-será. "Você está morto, você aí atrás da mangueira!" "Quantos faltam ainda para matar?" Silene era a namoradinha, sempre comigo. Depois veio Neuzinha, filha maior de um comerciante, não daria certo. Eu me casaria algum dia? Minha mãe cuidava de meu cabelo e da roupa que eu sempre sujava, descuidado, a cabeça no mundo da lua. Como conseguir uma namorada assim? Uma mancha de sangue pareceu cobrir meus olhos, Gabriel me olhava sem dor, o olhar inexpressivo, frio, ao lado dos mortos, a irmã e o soldado. Deixei os dois corpos no chão, emparelhando-os como um casal junto à cama larga em que viviam aquele amor maldito. Vasculhei a casa, abri gavetas, folheei revistas, procurando novas pistas sobre aquele homem. Nada. Ele não era nada, um amontoado comum de carne e osso com sua vidinha de assalariado. Um serviçal dos que lhe pagavam. O Estado ou seja lá quem fosse. Carreguei Gabriel de novo para fora, onde o acomodei em sua cadeira de rodas. E voltei, decidido a destruir todo aquele cenário, testemunha de nossas loucuras. O fogo. Não queria que ninguém visse o corpo de Luciana. Olhando seu corpo sem vida, me surpreendi com o olhar firme de Gabriel. Eu o recoloquei em sua cadeira e saímos dali tomados pela urgência. Alheio ao fogo terrível que queimava tudo atrás de nós, os pensamentos conduziam meu ódio para outro endereço.

Isabel

* * *

Eu não serei submisso, jamais me deixarei humilhar pelos
que me oprimem ou desdenham da energia de meu corpo

As ações humanas desembocam sempre em tragédias. Dois corpos não podem ocupar o mesmo lugar no espaço. Duas visões de mundo, dois desejos sobre o mesmo objeto, duas obsessões que se chocarão sempre. É uma questão de poder. Mais uma vez me vem à cabeça o ritual fantasmagórico do Cabo Davino, carregando suas vítimas ainda vivas para o alto do morro. E dali atirando seus corpos no abismo que dava no córrego Vela Acesa. Era como um descarte, não apenas um assassinato. Antes de uma comunidade, somos seres em busca de poder no espaço comum em que vivemos. Toda vitória implica submissão. E por isso muitas vezes preferimos a morte. Vejo isso na TV, entre os animais selvagens. A humilhação dos derrotados, sua segregação para o resto da vida. O destino errático depois, na solidão da savana. Se fosse assim apenas entre eles, selvagens, mas a humanidade guarda em segredo toda essa selvageria. E a ela acresce toda a sordidez que também guardamos como arma. Tudo ornado sob a poética de nossa sabedoria. Vejo isso nas guerras modernas. As armas, sim, são modernas, mas os homens que as portam não passam de selvagens. Vejo isso nas ruas, na humilhação, no aban-

– 163 –

dono, no descaso. Se entre os animais selvagens a segregação se faz na derrota, entre nós a maioria já nasce segregada. E deles se espera que compreendam, que não lutem, que não critiquem, que não se revoltem. Eu não serei submisso. Jamais me deixarei humilhar pelos que me oprimem ou desdenham da energia de meu corpo. Serei sempre senhor da força gerada nesse desconforto vulcânico de viver. Não permitirei, não permitirei. Prefiro a morte, esse corte final de nossas existências. Aqui ou em qualquer outro mundo de nossas fantasias. Andei pelas ruas de meu bairro como um possesso, incapaz de refletir sobre meu gesto. Sentia ainda o rosto quente do fogo que tomou para si, de forma espetacular, a casa com os corpos de minhas primeiras vítimas. Pobre Luciana. Naquele momento eu já nem pensava nela, tomado pelo impulso de caminhar, correr em busca da vítima mais desejada dessa minha compulsão pela vingança e pela morte. O pai de Isabel, o maldito pai de Isabel.

A última sexta-feira de Gabriel

* * *

Esse texto final César o escreveu a mão, tal como fizera Gabriel.

Não estava entre os papéis entregues a mim, como editor. Resolvi deixá-lo assim, como o seu manuscrito. Documento inacabado e quase inelegível pela emoção com que o escreveu. O texto foi encontrado pela polícia no quarto de César. O corpo do pai de Isabel foi encontrado no dia seguinte. Havia sinais de luta. O pai de Isabel fora morto com uma pancada na cabeça e tinha o revólver do soldado na mão. Ele teria tomado a arma de César, que o atingira várias vezes com uma barra de ferro. Isabel estava desaparecida, teria sido atingida por um tiro acidental do próprio pai. Num trecho inteiramente legível desse documento, César confirma o desaparecimento de Isabel, acrescentando um enigmático "depois a gente vê isso". E anuncia que o próximo alvo, o final, seria o próprio Gabriel.

Ninguém sabe ao certo o que é a justiça. (... ininteligível...) cada um vê na justiça a reparação de seu sofrimento. (...) a justiça muitas vezes resulta apenas no sofrimento de outros, como se isso pudesse reduzir nosso próprio sofrimento. Eu devia estar sofrendo por Isabel, (...) pelo próprio pai em sua insanidade. Eu queria

– 165 –

que ela tivesse aquela cicatriz no rosto, de onde ela havia tirado essa ideia, uma cicatriz para se ocultar da ira do pai maldito? Ele a atingiu com um tiro, lá está a grande cicatriz no rosto bonito de sua filha. Uma cicatriz para sempre. (... longo trecho riscado, ininteligível...) Eu devo contar agora uma descoberta que omiti todo esse tempo. É sobre Gabriel. Uma descoberta que revela quem era Gabriel. E por que o defini como meu alvo final. Descobri que a paralisia de Gabriel era apenas uma ideia a que ele próprio se submetia para se vingar da vida. Ele se aproveitara da queda, do ferimento na coluna para se jogar numa cadeira de rodas. Dali, de sua falsa imobilidade, trataria de conduzir o mundo de acordo com sua mente diabólica. Eu havia muito tempo desconfiava disso. Na verdade, eu tinha certeza, mas não conseguia uma prova. Para realizar meu plano, eu nem precisava dessa evidência. Mas tive essa prova quando voltava da casa de Isabel, deixando lá os dois, pai e filha, que eu também imaginava morta. Desci a escada para o portão de saída, onde... (trecho riscado e rasgado) e caminhei tranquilamente pela rua até onde eu havia deixado Gabriel, atrás de um carro estacionado. Vi que ele não estava na cadeira de rodas. Eu me coloquei atrás de uma árvore e esperei. Logo vi que Gabriel voltava, caminhando, até sentar-se de novo na cadeira. Ele me dava o que eu nem precisava mais, a certeza de sua farsa. Tinha que acabar também com ele. E acabar com sua mãe, Lisabete. Talvez fosse o que desejava o próprio Gabriel, acabar com tudo. Agora estou certo disso, era o que ele desejava. Acabar com sua história, a história de sua família. Acabar com um passado que o incomodava tanto. E, com ele, tudo o que pudesse lembrar de sua própria vida. Fingindo que não havia percebido a farsa, empurrei sua cadeira. Para onde vamos?, quis saber. Uma visita ao Cabo Davino, respondi secamente. Davino?, estranhou ele. Devemos muito a ele, disse eu. Será uma subida e tanto. Hoje é a última sexta-feira do mês e sei que haverá uma festa na Vila. É um bom dia para lembrar de Davino. Lá de cima, à beira do abismo do Vela Acesa, farei uma saudação a esse mundo injusto e falso. E assim fizemos. A praça, como eu previa, estava soberbamente iluminada, tomada pela multidão. E enfeitada por uma paisagem colorida de cartazes. Num dos cantos, um palanque. Alguém discursava, eu sabia que era o rapper Vanderly, meu vizinho no cortiço de Lisabete, acompanhado por um coro e uma trilha ritmada, o discurso era como uma canção enérgica, sincopada, que agitava a multidão. Sobre o palco, uma faixa com grandes letras: NÃO MATEM NOSSOS JOVENS. JUSTIÇA PARA AS VÍTIMAS. De frente para o palanque, o coração daquele ajuntamento. Dezenas de jovens em cadeiras de rodas, inquietos, ágeis em seus veículos, tomados pela emoção. Era fácil decifrá-los, vítimas de balas perdidas ou não, nas ações policiais. Eu evitava meus pensamentos, sabia que neles só encontraria a dor. Todos os sentidos de minha vida estavam dedicados ali a empurrar aquela cadeira maldita ladeira acima, levando Gabriel. Um falso cadeirante em meio às verdadeiras vítimas de balas perdidas ou dirigidas. Eu contava os degraus, falando alto. Esperava assim que minha voz espantasse outras ideias, julgamentos. Não haveria volta. Tinha agora de levar tudo até o fim, concentrar-me no que restava de tarefas de minha vida nesse mundo. Eu repetia ali a *via crucis* do Cabo Davino, levando suas vítimas para o alto da ladeira, até a boca do precipício famoso e fétido. Vou contando, cento e noventa e dois, duzentos e trinta e quatro, trezentos, quatrocentos e... (*tre-*

cho rabiscado, ficamos sem saber quantos degraus tinha a escada do Cabo) Quanto ao destino de Gabriel, eu (... *todo o resto do parágrafo rabiscado, amassado, inelegível...*). E agora?, perguntei a ele, chegando ao final da escada. Eu estava mesmo decido e preparado para empurrar a cadeira de Gabriel para o abismo do Vale do Vela Acesa. E agora, Gabriel? Gabriel olhava extasiado para a paisagem urbana que víamos ali do alto. Depois de um longo silêncio, encarou-me decidido. O que estão dizendo eles? Clamando contra as mortes, disse eu. Bem aqui no abismo, observou ele. E agora, Gabriel?, insisti. Agora acabou, estamos vingados, disse ele. Não para mim, respondi. O que falta? Sua mãe, você e tudo que os cerca. Gabriel me olhou com um indisfarçável sorriso nos lábios. Deixava claro que era o que ele desejava que eu fizesse por ele. Primeiro, que eu matasse Lisabete, disse ele, com firmeza. Em seguida deve incendiar também a maldita Vila com toda sua memória. Eu o ouvia sem emoção. Eram palavras duras, incisivas. Naquele momento eu sentia que não poderia escapar dessas determinações. Mas eu disse que tinha que pensar, que tudo poderia acabar ali, naquela hora. Eu desejava que Gabriel concordasse, sentindo em demasia o peso das primeiras mortes de minha vida. Além do desaparecimento de Isabel. No entanto Gabriel se ergueu da cadeira, lentamente, dando uma dimensão sobrenatural ao seu gesto. Olhava-me com ódio. Com a cidade infinita ao fundo, seu corpo parecia ainda mais pesado, assustador. Pensei que ele avançaria contra mim, mas o que eu vi foi um inesperado sorriso pregado ao seu rosto. Eu faria isso por você, disse ele. Para liquidar o mal não devem restar mais que cinzas. E primeiro empurrou a cadeira, para em seguida se atirar no abismo de Davino. Seu corpo flu-

– 168 –

tuou como uma pluma despencando pela escarpa do Vela Acasa, sem pressa de chegar. Eu ainda pude ver seu esforço em agarrar a cadeira que caía ao seu lado, até sentar-se sobre ela. Seu olhar, dirigido a mim, fazia-me lembrar do terrível olhar de Davino na fotografia. Eu quis...(papel rasgado, de leitura impossível). Tudo acabado. Eu estava calmo, mas impressionado com a sentença de Gabriel. "*Não restar mais do que cinzas*". E isso me compelia a ir até o fim. Era como se enterrasse um passado tenebroso. E usando as próprias armas das trevas, do mal de que me acerquei tão desarmado. Tinha pena de Gabriel, mas não me arrependia de nada. Ele mesmo havia se matado, ainda que isso não reduz minha participação nessa morte. Se ele me enfrentasse, um de nós teria que morrer. Seria uma reedição do confronto do Cabo Davino com seu inimigo João Véio, líder do bando de meninos que agia no bairro. É o que se conta no livro de Gabriel, texto que reproduzo aqui:

(...) O embate se iniciava tenso e equilibrado, sem pressa de terminar, pois tal qual o leitor que se encanta com a narrativa de um duelo, aqui também os contendores pareciam espichar ao máximo essa oportunidade única de exporem tão completamente suas vidas e colocarem à prova de forma tão definitiva suas capacidades de ação e análise, de criar e imaginar gestos e trilhas não como amadores diante de algum tabuleiro marcado por copos de cerveja, mas numa batalha decisiva em que tudo o que fizessem haveria de ser feito em função de um objetivo claro e radical, ou seja, o de preservar sua própria vida eliminando a vida do inimigo. Quebrando o silêncio, a voz de João Véio ecoou como mais um tiro, desta vez mais certeiro, arquitetado pela cabeça do esperto

cara-suja. Visava não o corpo do adversário, mas sua emoção, chamando-o de irmão, irmão. O Cabo Davino, que sempre pensara estar pronto para esse encontro, viu-se ali repentinamente frágil, surpreso diante de tantas dúvidas e perguntas, aprisionado pela lógica do inimigo, identificando-se perigosamente com o destino daquele que deveria ser não um irmão, mas a vítima. (...) João Véio, certo de que já havia vencido a batalha, saiu da sombra e avançou sobre o outro, a faca brilhante apontada para o peito da vítima indefesa e que certamente estaria morta se João não tivesse sido ele também traído pela certeza que, como certeza, lhe tirara o zelo pela dúvida e desobrigara o corpo de maiores atenções. Gritou ao outro, antes do ataque final, que havia chegado a hora, chamando-o de mano véio e demorou demasiado em seu trajeto de vitória final desde a sombra até o corpo alvo de seu inimigo vencido, dando a ele, inadvertidamente, o tempo necessário para repor a vida nos eixos de seu próprio destino e de sua função. (...) Davino armou o corpo e apontou a arma contra o inimigo fosse ele o que fosse, pai, irmão, amigo. O corpo de João Véio tombou sobre o cabo, num salto descontrolado pelo impacto da bala que perfurou seu peito, explodindo as costas magras de pele amarelada e suja. Os olhos da vítima ainda buscaram a piedade dos olhos do algoz, mas ali já encontraram a frieza do caçador que se recusa à emoção e que tudo pode explicar pela razão e a necessidade do dever cumprido. (...) À beira do abismo, o justiceiro sentia-se cada vez mais senhor do que fazia empurrando para as tripas os sinais mínimos de emoção e pena, decidido apenas a não matar o que restava de vida em sua vítima. Deixaria simplesmente que aquele corpo franzino e envelhecido despencasse lentamente pelo abismo como se assim desse a ele a mais absurda e inútil das chances de ainda sobreviver. *

TEXTOS FINAIS, ESCRITOS NO COMPUTADOR DE César, DEIXADO EM SEU QUARTO DO Cortiço, E QUE Lisabete ENTREGOU À POLÍCIA.

O reencontro com Vanderly

* * *

Retomando o que contei, iniciando essa história
carregada de incertezas. Agora chegaremos ao fim

A praça da Vila, Favela do Vela Acesa, era então um espaço livre, agora tomada pela festa, enlevada por uma multidão. Ainda não havia chegado ali a notícia de mais uma morte no abismo do Cabo Davino, do outro lado do morro. Uma festa de cores, cartazes, músicas. "Não matem nossos jovens". "Justiça para as vítimas". Gente de todas as idades, velhos, crianças e até uma ala de participantes em suas cadeiras de rodas. Eu olhava para eles e evitava me lembrar de Gabriel. Difícil esquecer dele, em sua cadeira de rodas e o ódio ao mundo. Era uma história passada. Confesso que tudo aquilo me fazia bem. As pessoas encontravam sua paz na comunidade, comungando ideias e lutas. No entanto eu ainda caminhava pela beirada da praça, temeroso de alguma agressão. Eu era um estranho ali, despertaria desconfiança. Mas o som ritmado e repetitivo aos poucos me dominava, como um mantra convidativo, um convite ao domínio do corpo. Eu me sentia a cada instante mais tomado por aquela emoção. Os sentimentos e as ideias se entrelaçavam numa relação ora conflituosa, ora de reencontro. Eu estava ali como um ser perdido no mundo, envolvido em assassinatos, sem saber o que fazer da vida. O passado parecia já tão distante, como se tudo fosse uma ilusão, um sonho ruim, uma rápida descida ao inferno. Mas eu sabia, estava condenado. Lembrava-me ainda de Davino, o Cabo assassino. Que diferença haveria entre nós agora? Éramos ambos assassinos. Pouco importa se Davino era um mercenário. Cada um, a seu modo, assumira uma divindade suprema, acima da vida. Éramos simplesmente assassinos. Com esses pensamentos, fui entrando na praça, já sem medo algum. Assim eu me entregava para aquela outra força. Uma comunhão de pessoas diferentes, expressando sua alegria por estarem juntos, se reconhecerem como irmãos. Eu ainda temia alguma violência contra mim, mas caminhava como se ofertasse meu corpo àquela causa, justamente contra os assassinatos de jovens da Vila. Mais uma vez eu pensava em Davino. Se me agredissem, seria como agredir o próprio Davino, coisa que ninguém ousara fazer até sua morte. Eu não teria o que fazer, como me defender entre a multidão. Era o que eu esperava que fariam, me agredir. No entanto eu caminhava rumo ao palanque, abria caminho entre as pessoas, esperava que me estranhassem, que atrapalhassem meu caminho. Uma paz ao mesmo tempo tranquilizadora e terrível. Um bem-estar que questionava meu caminho, o rastro de sangue deixado em minha passagem pela vida. Que me agredissem, que então fizessem a justiça que tanto desejavam. Mas a vida não obedece aos nossos desejos nem aos nossos vaticínios. Eu atravessava a multidão como se não existisse, sem atrair um só olhar, um só gesto de estranheza ou benevolência. Junto ao palanque, isolados por uma corda, dezenas de jovens em cadeiras de rodas. Um cartaz os identificava. Eram vítimas daquela guerra. Eu já estava perto do palanque quando vi que um outro cantor pegava o microfone. Era Vanderly, meu vizinho na Vila de Lisabete, Luciana. E Gabriel. Vanderly testou o microfone, acertou detalhes com o DJ, retornou ao centro do palco. E logo me distinguiu entre os participantes mais próximos do palco. Pensei que havia chegado minha hora. Olhei para trás e vi que não haveria chances de fuga. Sou um personagem, pensei. Como se dissesse, estou sonhando, basta acordar. Mas Vanderly tratou de colocar no chão essa ilusão de fuga. Personagem ou não, eu estava ali, com todos os meus pecados. Vanderly, o único que parecia me ver, me distinguir entre seus companheiros, começou sua cantoria como se apenas ensaiasse, preparando a voz para o que teria que dizer. Os versos vinham ainda imprecisos, como um rascunho procurando as rimas e o ritmo. Apesar disso as pessoas se entregavam àquele mantra, deixando o corpo se perder naquela alma coletiva. Eu sei que você está aqui, disse Vanderly, me surpreendendo. Eu sei quem é você, irmão. Eu sei que os que matam são apenas um. Eu sei que nós somos muitos. Por isso esse zum-zum. Eu sei que você está aqui, irmão. Eu sei, não é contra nós. Eu sei o que diz o coração. Eu sei o que sofre a mãe com o filho no caixão. Eu sei que estamos aqui. Eu sei que somos irmãos. Eu sei que somos a multidão. Sei que queremos paz. Sei que muitos da guerra aqui estão. Sei que vejo um por um. Sei que se escondem na multidão. Eu sei que todos são irmãos. Mas sei que a dor não é mole não. Sei que atiram por diversão. Sei que há sempre algum ladrão. E sei que não é aqui sua diversão. Eu sei que matam pelo que não lhes dão. Sei que a fome é a mãe da violência. E sei que a morte deixa sempre uma pendência. Sei que há muita falta de sorte. Sei que a escada leva ao abismo. Sei que o abismo nos leva à morte. Sei quantos degraus separam vivos e mortos. Sei que queremos a paz de irmãos. Não matem nossos meninos. Eles são o futuro da nação. Eu precisava urgentemente sair dali. Naquele momento um garoto subiu ao palco e disse alguma coisa ao ouvido de Vanderly, que ainda seguia sua cantoria. Vanderly parou imediatamente e deixou que o menino anunciasse a morte de mais um rapaz no abismo de Davino. Um paraplégico, disse ele, caiu com sua cadeira de rodas. Logo se formou uma grande confusão na praça. O grupo de paraplégicos reagiu com furor, as cadeiras girando e se chocando, aos gritos incompreensíveis daqueles jovens. Vi que Vanderly me observava e forcei uma saída em meio ao caos. Eu ali não era nada mais do que um ser imaginário procurando saída em meio a milhares de outros corpos desorientados, as expressões de medo e surpresa. Já distante, eu ainda ouvia a voz poderosa de Vanderly pedindo calma à multidão.

Em busca de Isabel

* * *

Aqui o personagem narrador, César, se rebela contra o
autor, que previra a morte de Isabel junto do pai

Não há um contrato. Nem uma promessa. Nenhuma garantia de fidelidade. Nenhum acerto sobre o final desse romance. Eu, César, fui criado como narrador dessa história assombrosa. E para isso vivi o que me era dado como vida. Amei, me desiludi, me isolei do mundo e mergulhei nessa aventura de me entregar ao mal. O projeto era mais simples, contar a história de Gabriel, aquele jovem tomado pela revolta e incapaz de agir, imobilizando-se numa cadeira de rodas, falso cadeirante em busca de domínio sobre o mundo, a História. Estava claro que eu seria seduzido pela possibilidade da violência e da morte como saída para a inviabilidade de minha vida tão mesquinha, miserável, sem futuro. Foi o que fiz. E é o que está nas páginas que antecedem essa minha rebeldia de agora. Eu declaro, quero que Isabel viva. Eu quero Isabel para mim. Poucos perceberam, mas eu havia me preparado para esse desvio da história. A partir da morte do soldado e de Luciana, a história seria como eu desejava. Naquele dia, naquela sexta-feira, eu só temia que o confronto com o pai de Isabel pudesse atingi-la. Na verdade, quase aconteceu. O homem avançou sobre mim logo que saltei para dentro da sala de sua casa, com a porta aberta pela própria Isabel. Atacou-me como uma fera acuada, procurando tomar o revólver de minha mão. Isabel gritava desesperada. Eu tinha que esquecer Isabel, tinha que deixar de ver e de ouvir seus apelos para que parássemos a luta. Mas o homem conseguiu tomar a arma do soldado, depois de morder minha mão como um animal selvagem. Sorte minha, com a outra mão agarrei a barra de ferro que trancava a porta. E com ela venci a luta. Mas ele ainda atirou, duas vezes, antes de tombar morto pela última pancada da barra de ferro. Um dos tiros atingiu o rosto de Isabel. Eu a abracei, tentando protegê-la do próprio desespero. E vi que o tiro abrira um corte em sua testa. O sangue escorria em filetes. Tal como na fantasiosa foto da verdadeira Isabel que eu conhecera pela internet. Ela se livrou de mim e abraçou o corpo do pai, num choro desesperado. A cena me desorientava. Eu esperava que a morte do pai fosse uma libertação para Isabel. No entanto ela o beijava e tentava desesperadamente reanimá-lo. Eu não podia ficar ali, o risco seria enorme. Saí dali tomado pelo desespero. Eu havia errado de novo. O que se deu em seguida todos já sabem. A morte de Gabriel, minha fuga da Praça da Vila do Vela Acesa. Naquela noite, dormi ainda em meu quarto. Eu não queria me encontrar com Lisabete, temendo não me controlar. Matá-la e incendiar o casarão de Lisabete foram as últimas recomendações de Gabriel. Mas eu resolvi deixar Lisabete em paz. Sabia que sua vida agora seria de um sofrimento sem fim e isso seria pior do que morrer. Eu não queria mais pensar nisso e saí de madrugada para a rua. Um só desejo na alma. Encontrar Isabel. Essa busca daria sentido à minha vida, escapando aos limites de minha criação. Enquanto pudesse, eu estaria a sua procura.

Isabel, Isabel, Isabel. Logo naquela manhã arrisquei-me a procurá-la em sua própria casa. Mas de longe percebi que seria loucura. A rua estava tomada de curiosos, com dois carros de polícia impedindo o trânsito. Caminhei desorientado e decidido a não abandonar mais a vida na rua. Antes de tomar o rumo do centro da cidade, ainda passei pelo local onde eu poderia ter iniciado uma grande história de amor, sem a tragédia desse final. A banca de jornais em frente à padaria do bairro. Retomo aqui meu próprio relato daquele encontro.

O encontro se daria no bairro onde vivia Isabel. Segundo ela, na esquina da melhor padaria do bairro, junto a uma banca de jornais. Estaríamos os dois de jeans e uma blusa branca. A ideia de um fracasso, o medo desse encontro tiravam minha paz. Apesar de tanta insegurança, cheguei ao local na hora certa. E parecia acontecer o que eu mais temia, nada de Isabel. Fiquei ao lado da banca de jornais, espantado com a dimensão de minha angústia. Ela não virá, ela não virá. (...) Mas uma pessoa me olhava com simpatia. Uma garota. Não teria mais do que vinte anos, muito jovem. O rosto bonito, os cabelos presos como um rabo-de-cavalo bem penteado, bem amarrado. Estava com um grupo barulhento de amigos, certamente estudantes, ainda com suas pastas e mochilas. Olhava-me temperando o olhar com um disfarçado sorriso nos lábios bonitos. Tudo se deu em tão pouco tempo, logo os colegas se movimentaram, e a bela moça saiu arrastada naquele caudal juvenil, irresponsável. Apesar de encantado por aquele olhar, pensei que a perdia, sem chances de uma aproximação. Mas a moça parecia decidida. Fez parar o grupo, ouvi que dizia ter esquecido de comprar os pães pedidos pela mãe. Voltou, o olhar decididamente atirado contra meus olhos. Comprou os pães e, antes de sair, escreveu alguma coisa num pedaço de papel. "Sou Isabel, mas tenho que ir embora. Um outro dia espero você." Li, depois que ela jogou o papel sobre minha mesa e partiu com seus amigos. Isabel? Não podia ser. Era jovem demais. E nenhum defeito no rosto. Não podia ser Isabel, mas estava vestida tal como havíamos combinado. De certa maneira eu percebia que era, sim, era ela. Mas não a minha Isabel. Guardo comigo a imagem de Isabel, a verdadeira, com sua deformidade no rosto, o queixo deslocado. Uma marca também em minha vida.

Soube depois que Isabel havia se mudado, a casa permanecia fechada. Tentei em vão saber de seu paradeiro. Jamais desistirei dessa busca. Vivo agora na rua e assim viverei até que a encontre. Passo a maior parte do tempo numa quietude mansa, espantando o sofrimento. Divirto-me, às vezes, retomando o esporte que havia criado. As perseguições. Sem motivo, sem objetivo a não ser a própria aventura de seguir pessoas sem ser visto. E assim termino meu relato. Quanto a mim, fugirei da morte com todas as artimanhas que aprendi na vida. Não como um bandido. Nem como um messias, anunciador do bem ou do mal. Quem sabe, em algum lugar longínquo, um contador de histórias. Elas devem valer alguma coisa nesse mundo estranho. Espero ter cumprido com galhardia a função de personagem narrador para a qual fui criado. Tal como Davino, que, para apaziguar os espíritos de suas vítimas, oferecia a cada uma delas uma casa de sua Vila, eu também ofereço aqui um espaço final a Gabriel. O maldito texto final de seu manuscrito.

Sobre os escuros do mundo

* * *

Segunda e última parte do manuscrito de Gabriel

Texto encontrado por Lisabete, dentro do notebook, no quarto abandonado de César. Texto certamente escrito por Gabriel depois do "Pequeno tratado sobre o abismo", que abre esse romance. E antes dos assassinatos. Deixado ali por César, como um brinde, uma gota do amargor de toda uma vida. Ele havia encaixado os dois textos entre as páginas do livro sobre o Cabo Davino. Este é o segundo. Muito rabiscado, quase ininteligível. Difícil. Tal como César recomendara, nós o acrescentamos aqui, como um epílogo. O texto fora redigido da mesma forma que o primeiro, ainda como um manuscrito. Isso apesar das evidências de que o autor, Gabriel, era um competente e criativo usuário do computador e da internet. Coisa que nem o próprio César parecia saber. É um texto evidentemente pesado, como o primeiro, que retrata com fidelidade o desentendimento profundo de Gabriel com o mundo em que vivia.

Cobre os olhos e ainda assim estarás enxergando o mundo. Do mesmo modo que tampando os ouvidos estarás ouvindo o mundo dentro de ti. Toma de ti toda mobilidade e logo estarás caminhando no espanto de tua liberdade. Corta, proíbe, ameaça. Todo corte é como o corte de rabos de lagartixas. Novos rabos surgirão. Nada é essencial, nenhum julgamento é justo e nenhuma dor injusta. Tua vida vem determinada ao nascer e entre as determinações está a capacidade de mudar. Nada se fixa, nada é eterno, nada se perde para sempre, nada volta igual à sua origem. Ninguém navega à deriva pois há portos por todos os cantos da terra. A luz não existe para servir, existe simplesmente para ser. Há os que se servem dela e então a luz nada mais é do que uma qualidade funcional de nosso corpo para exibir formas delineadas no espaço de nosso entorno. Ilusão de que sempre se serviram os mais espertos e os inventores de paraísos artificiais. Toca os objetos, cheira seus odores, sente seus gostos, recebe seu calor com naturalidade, mas teme suas asperezas e seus perigos sem usar os olhos. Guarda para ti os primores das paisagens e das cores, como coisas tuas, evita que o deslumbramento tome conta de toda tua vida como sendo, não uma parte, mas o todo. Cubra os olhos, evite esse brilho fácil e é possível que estejas mais perto do que queres ver ou, pelo menos, de tudo o que precisas ver para navegar nesse mundo de trevas. Ao andar na escuridão, nada mais te orientará além do medo, o tato, as indicações e delimitações do caminho que estejas percorrendo ou que estás condenado a percorrer, pois a escuridão não é o mesmo que o nada, nem o mesmo que o abismo. O abismo te veste, te determina como corpo e impõe a ansiedade com que vives. A escuridão te convida a buscar, te chama, te envolve, te acaricia, te faz sentir a vida. Escuridão não é cegueira, é a luz despojada de seu poder. Anda, corre, salta, cai sob o impacto de obstáculos para sentir a materialidade dorida de teu corpo, sente os perigos, o ataque dos inimigos e dos predadores num espaço que jamais conseguirás delimitar e que te *obrigará a buscar limites com teu próprio corpo e tua vontade, corpo que mais sentirás quando dele já não sentir nada como parte, qualquer pedaço, braço, mão, pé, perdidos nesse excitante delírio, mergulhado numa noite sem início e sem fim. Esta será, ao final, tua morte, a falência de teu corpo. A escuridão é sim o início de tudo e onde se abrigam todos os medos e todos os erros do mundo, guardados contra os que os desejam como prendas e como luz. A escuridão é como a água que envolve o peixe, o fogo que abriga o vento, o sentimento que desconheces, o ventre de tua mãe, a razão que não tens, o medo que te envolve, a mão desconhecida que te acaricia ou te agride. Viver é o exercício dessas dificuldades e dessas sensações, a procura de não se sabe o quê. Supõe-se que a vida saberá. Viver está por dentro e por fora de nossa pele, pulsação de avançar no tempo sem saber o que o tempo é. Anda na escuridão e na falta de tudo o que em vão procuras. O melhor de tudo é o que te negam. Caminha em busca do que ainda não foi feito e mesmo de quem nem existiu ainda e de todas as sensações primeiras que um ser poderia experimentar. Viver é caminhar todos os passos como se fossem os primeiros a caminhar e não se deter diante dos desafios e dos perigos. Serão tantos os perigos quanto maiores forem as imaginárias alegrias. A escuridão é tudo. É o mundo, onde o corpo se expande tanto como a água, o ar, ocupando tudo, muito além de teu abismo e de tua fé, muito além de teu medo e de tua esperança, acima do dever, acima do ser. A escuridão é tudo.*

* Trechos do romance *Um olé em deus*, de João Batista de Andrade (Editora Scipione, 1997).

Esta obra foi compostas em Garamond Premier
Pro e impressa em papel pólen bold 90 g/m² para a
Editora Reformatório, em novembro de 2019.